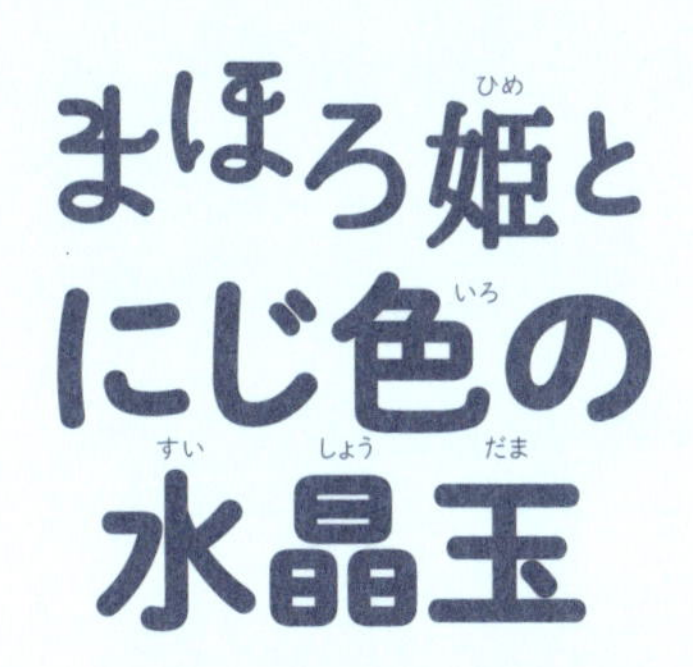

まほろ姫(ひめ)とにじ色(いろ)の水晶玉(すいしょうだま)

なかがわちひろ

偕成社

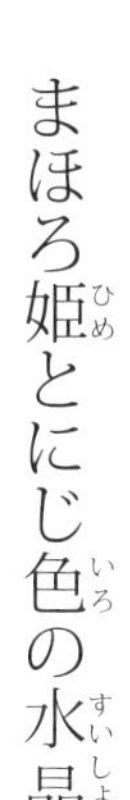

まほろ姫とにじ色の水晶玉・もくじ

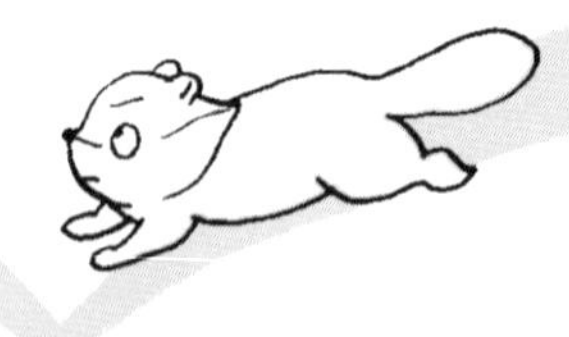

1. テングのおとしもの

みわたすかぎりの雪げしき。

銀色の山々にかこまれたギンナンナン山は、木が一本のこらず、わたぼうしをかぶっています。ギンナンナン山のふもとの里も、ただただ白い雪野原でした。

おや、よくみれば、雪野原をつっきって、小さな足あとが点々とつづいています。

子ダヌキが走っているのです。

子ダヌキは、あたりでいちばん大きなおやしきにとびこんだかとおもうと、くるりと宙がえりをして、人間の男の子にばけました。茶々丸です。

「まほろ！　おそくなってごめん！　きょうは雲にのって、テングさまのところへ勉強にいく日だよね」

　茶々丸は、まほろのへやにかけこみ、息（いき）をきらせていいました。

　ところがまほろは、おちつきはらって、つくえにむかい、絵（え）をかいています。顔（かお）もあげずにいいました。

「それはあしたよ。茶々丸ったら、おっちょこちょいね」

　そばで、つくろいものをしていた砧（きぬた）もわらいました。

「ふふふ、ほんとうに。それに茶々丸、鼻（はな）のあたまが黒（くろ）いじゃないの。

　テングさまのお勉強（べんきょう）のまえに、タヌキはタヌキらしく、もっと、ばけかたを練習（れんしゅう）し

なきゃだめですよ」

まほろは、このおやしきのお姫さまで、茶々丸は子ダヌキですが、ふたりは、きょうだいです。

なぜかといえば、まほろを育ててくれた乳母の砧が、じつはタヌキで、茶々丸のおかあさんだったからです。

だから、人間のまほろも、タヌキのようにばけることができます。

ばけるときには、葉っぱを頭にのせて、じゅもんをとなえて宙がえり。

もちろん、ただの葉っぱではありません。神通力のあるカシワの木の葉っぱを、山神のテングにわけてもらうのです。

タヌキたちは、このとくべつな葉っぱを、おかねのようにたいせつにしていました。

まほろと茶々丸は、まだ子どもなので、毎月十枚の葉っぱを、おこづかいとしてもらいます。

ふたりは、葉っぱをつかって、いろんなものにばけてあそびました。

いたずらっこの茶々丸は、茶釜にばけて山寺のおしょうさんをからかったり、おしょうさんにばけて、おそなえもののおまんじゅうをたべたりします。

まほろは、ときどきこっそり、かぐや姫にばけて、ひとりでおしばいをします。

いえ、それどころか、まほろが天女にばけ、茶々丸が竜にばけて、いっしょに夜空を飛んだこともありました。

すごいのは、それだけではありません。

ふたりは、しばらくまえにテングの弟子になったので、十日にいっぺん、ブッキラ山のてっぺんまで、きらきら光る金色のわた雲にのってでかけて、テングにいろいろ教えてもらうのです。

けれども、それはぜんぶ、ひみつのことでした。

このひみつをしっているのは、まほろと茶々丸のほかには、おかあさんダヌキの砧と、おとうさんダヌキの、たる丸だけ。

茶々丸家族の三びきのタヌキは、とてもじょうずに人間にばけて、ギンナン山の里の、まほろのおやしきでくらしていたのです。

茶々丸は、どすんと、すわりこみました。

「なあんだ、テングさまのところへいくのは、あしたか！ちこくしないように、おおいそぎで走ってきて、そんしちゃったよ」

「ずいぶん熱心だわねえ。テングさまのお勉強は、そんなにおもしろいの？」

砧がたずねると、茶々丸は、ぷるぷるっと、首をふりました。

「ううん。ぜーんぜん、おもしろくない！」

まほろが砧にいいました。

「茶々丸はね、授業のさいごにテングさまからいただく、おやつがたのしみなのよ。かんじんの授業のときは、いねむりをしているの」

　茶々丸が口をとがらせます。

「だって、ちんぷんかんぷんなんだもん。テングさまの話をきいてると、あくびが出て、いつのまにか、まぶたがくっついちゃうんだ」

　砧がわらいました。

「そりゃあ、テングさまのお勉強はむずかしいでしょうよ。

　タヌキは、いくらじょうずにばけても、中身がタヌキのままだし、すぐにしっぽが出ちゃうけど、テングさまはちがうわ。この世のあらゆることをごぞんじなんですってね。

　テングさまの授業をうけられるなんて、とても名誉なことよ」

「あーあ。はやく、遠い国からチョコリットをもってくる術を教えてほしいなあ。

　ふわふわのカステーリャでも、いいや。

そうだ、右手でチョコリット、左手でカステーリャをもって、かわりばんこにたべようっと！」

茶々丸がよだれをたらしたので、まほろは、ふきだしてしまいました。

「くいしんぼうねえ」

茶々丸は、むっとした顔でいいました。

「まほろには、わけてやらないよ」

「あら、よくばり！」

まほろがあかんべをすると、茶々丸はまほろがかいていた絵をみて、にくまれ口をたたきました。

「へたくそな絵だなあ。それ、イタチ？　それともキツネ？」

「しつれいね。これは、かぐやよ。わたしのかわいいかぐやはクダギツネ。

光る竹から生まれた、ふしぎなけものなんだもの。

イタチやキツネとは、ぜんぜんちがうわ。ちゃんとみれば、わかるでしょ」

「わかんない」

「そんなふうだから、茶々丸は、いつまでたっても、ばけるのがへたなのよ」

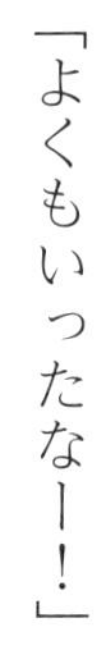
「よくもいったなー！」

「これこれ。ふたりとも、およしなさい」

砧が、つくろいものをおいて立ちあがり、

きょうだいげんかをとめようとしたときのことです。

ぴかっ！　ごろごろ、がっしゃーん！

へやのなかに、稲妻が走り、

雷がおちました。

おどろいて、しりもちをついた、まほろと茶々丸と砧のまんなかに、テングが立っていました。

「わっはっはっはあーっ！　あいかわらずだなあ、おまえたち！」

テングは、とどろくような大声でわらいました。

「なんだ、テングさまか。ああ、びっくりした！」

「テングさま、もうちょっと、しずかに出てきてください」

「まったくですよ。おやしきの人たちにしれたら、こまります」

おどろいたので、タヌキのしっぽや、ひげが出てしまった砧と茶々丸は、おしりや顔をこすって、人間のすがたに、ばけなおしました。

そんなことにはおかまいなしに、テングは、まほろの絵をのぞきこみます。

「うまいじゃないか、まほろ姫。ネズミらしい感じがよく出ている」

茶々丸が、ぷっとふきだし、まほろは、がっかりしました。

「ネズミじゃありません。わたし、かぐやの絵をかいたんです」

テングは、大きな口をあけてわらいました。

「おお、そうか！　わしがまほろ姫にゆずってやったクダギツネのかぐやか。なるほど、いわれてみれば、そんなふうにもみえるぞ。かぐやは、げんきか？」

「はい。ここにいます」

まほろは、後ろのたなから笛をとりました。

「まだ、笛のままなのか」

「もちろん、ときどき出てくるけど、笛になってるのがすきみたい。たいてい、このかっこうでねています」

砧が、よこからいいました。

「姫さまがクダギツネをかっていることを、おやしきのかたたちはしりません。笛であれば、姫さまがもち歩いていても、おへやにおいてあっても、なじみますから、かぐやちゃんも、おちつくのでしょうね」

「かぐや、出ておいで」

まほろがやさしい声でよびかけると、笛がたちまち竹筒にかわり、そのなかから、

小さなけものが出てきました。

つぶらなひとみの、白いかわいいけものです。

けれどもかぐやは、テングと目があうなり、静電気をぱちぱちとばし、キキッと鳴いて、竹筒のなかにもどってしまいました。

「ふんっ。そんなに、わしがきらいか」

テングは、にがむしをかみつぶしたような顔になりました。

茶々丸が、テングのきものをひっぱります。

「ねえねえ、テングさま。クダギツネって、テングさまがほしがるくらいだから、どんだけすごいものかと思ったけど、なーんにもしないよ。ぜんぜん役にたたないよ」

まほろが茶々丸をにらみました。

「ちゃんと役にたってるわよ。かわいいもの」

「かわいいなんて、いみないね」

「あるわよ。かぐやがいてくれると、わたし、幸せなきもちになるもん。なんだか安心して、きっとだいじょうぶだって、思えるんだもの」

「そんなの、ただのお守りじゃないか」

にらみあうまほろと茶々丸を、テングがなだめます。

「こらこら、けんかをするな。

よいか、茶々丸。ささやかなものを、あなどってはならぬ。ときには、ごく小さなものが、思いもよらぬ大きな力をひきだす。つまりは、その小さなものに力があったということだ。

なぜそうなるかといえばだな、そもそも、この世界の大本には……」

テングの長い長い話がはじまり、茶々丸は、あくびをしました。

「やっぱり、ねむくなっちゃうよ、テングさまの授業は」
するとテングが、思いだしたようにいいました。
「そのことだがな、じつは、ひと月ほど、るすにする。
チャッカリ山のカラスたちによばれて、
カラステングになるための集中講座をひらくことになったのだ。
カラスにとって、カラステングはあこがれの存在だが、
どうしたらカラステングになれるのか、
教えてくれる者がいないらしい。
どいつもこいつも、けちだからな。
それでチャッカリ山のカラスどもは、
はるばる、ブッキラ山のわしのところまで、
たのみにきたというわけだ」
砧が、いかにも感心したというように、うなずきました。
「さすがはテングさまですわ。そんな遠くの山のカラスにまで、たいせつな知識を

わけてさしあげるなんて、なんとまあ、お心の広いこと！」

テングは、くすぐったそうにわらいました。

「まあな。知識をわけるたびに、わしの鼻はちぢんでしまう。そのぶん、せっせとあたらしい知識を学ばないと鼻ぺちゃテングになってしまうから、たいへんだ。

いやはや、毎日いそがしくて、時間がいくらあってもたりぬ。わははははは。

そんなわけで、まほろ姫と茶々丸の勉強は、しばらくおあずけだ」

「えー、つまんないのー」

まほろも茶々丸も、がっかりです。

テングは、ますますうれしそうに、あごひげをひっぱり、

「人気者というのは、つらいものだなあ。わははははは。

まあ、どうせ茶々丸がたのしみにしているのは、これだろうが」

といって、どこからともなく、銀のおぼんをとりだしました。

ふしぎなかたちの、どびんと湯のみがのっています。異国の品のようです。

テングが、どびんの中身を湯のみにそそぐと、あつあつの湯気とともに、どろり

とした茶色ののみものが出てきました。

茶々丸は、さっそく湯のみに手をのばし、鼻をぴくぴくうごかします。

「くんくんくん、チョコリットのにおいだ。うまそう……。あっ、うまーい！」

茶々丸につられて、まほろと砧も、おそるおそる、のんでみました。

「ほんとだ。あまーい」

「なんだか、おしるこみたいですね」

テングが、もったいぶっていいました。

「これはな、ココーアというのみものだ。万里はなれた異国の地で、茶店の小僧が、いま、まさに茶わんにつごうとしたのを念力でもってきてやった。

とうがらしがたっぷり入っているから、からだがあったまるぞ」

四人は、あつあつのココーアを、ふうふうふいてさましながら、のみました。かじかんでいた指がほかほかしてきて、ゆったりとした時間が流れます。

するといきなり、テングが立ちあがりました。

「いかん、いかん！　おまえたちといると、つい、のんびりしてしまう。わしはいそがしいんだ。おまえたちのように、ひまではない。チャッカリ山につくまでに、じぶんの勉強もしなくちゃならんのだ」

テングは鼻息もあらく、障子をあけはなち、ふところからとりだした羽うちわをぱたぱたうごかして、おやしきの外にまたせてあった金色のわた雲をよびよせました。

小さな雲の上に、ふしぎな道具がごちゃごちゃとつんであります。テングはそれをらんぼうにかきわけて、雲にのりこみました。

「いやなに、小道具をいろいろもっていってやらないとな。カラスどもは、すぐにあきて、カアカアさわぐからな」

だれにともなくいいわけをするテングに、砧は、にこやかにうなずきました。

「テングさまは、いい先生ですわね。お気をつけて、いってらっしゃいませ」

「おかぜ、ひかないでね」

「おみやげ、わすれないでね」

「うむ。もうじき春だ。たっしゃでな」

テングの雲が飛びたち、たちまち小さくなっていきました。

茶々丸がココーアをおかわりしながらいいました。

「授業をおやすみにして、おやつをとどけてくれるなんて、テングさまもいいとこあるなあ」

そのとき、空からなにかが、ひらひらおちてきました。

庭の雪の上に、ぱさっとひろがったのは、古い小さな布ぶくろ。

「あら、たいへん。テングさまの雲からおちてきたんだわ」

まほろは縁側から身をのりだして、空のかなたによびかけました。

「テングさまあ！　きこえますかー？　おとしものですよー！」

すると、かすかにテングの声がかえってきました。

「あーっ、しまった。よくばりぶくろか……。

まあ、いいや。あずかっておいてくれ！」

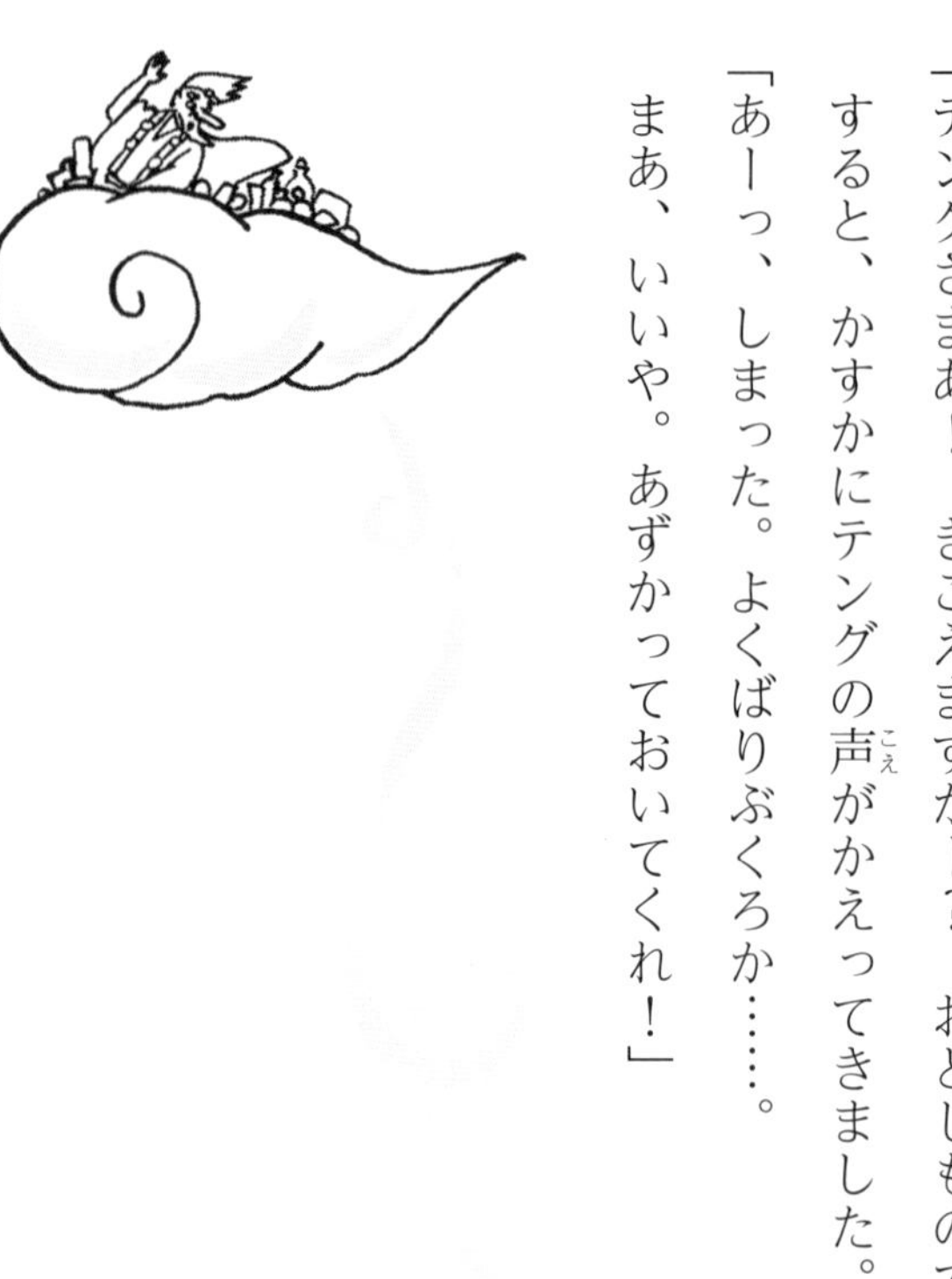

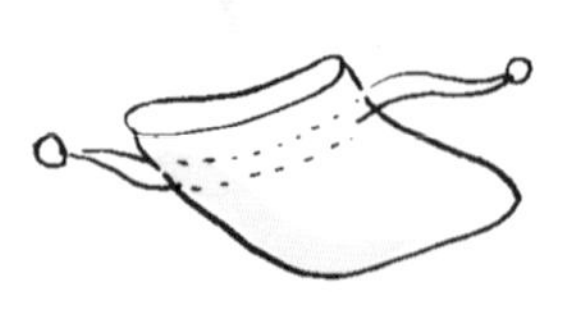

2. すてきなしらせ

「なんだ、これ？　からっぽだよ」

茶々丸は庭にとびおりて、ふくろのなかをのぞきました。

まほろも縁側のはしにしゃがみます。

「よくばりぶくろ……って、テングさまはいってたわね。

よくばりな人のためのふくろかしら？」

「じゃあ、ぼくにぴったりだね。もらっちゃおうかな」

けれども砧が、ふくろをとりあげました。

「だめですよ。これでもきっと、とくべつなお道具でしょう。

テングさまが帰ってくるまで、たいせつにおあずかりしておかなくちゃ」

「ぼくが、あずかっとくよ」

「いけません」

砧（きぬた）がふくろをたたんでいると、おやしきのおくのほうから声（こえ）がきこえてきました。

「まほろ、まほろ。たいへんだ、一大事（いちだいじ）だよ！」

おやしきの主（あるじ）で、まほろのおとうさんです。

まほろのおかあさんが、はやくになくなったこともあり、おやかたさまは、ひとりむすめのまほろを、とてもかわいがっていました。

おやかたさまは、手紙（てがみ）をふりかざして、こうふんした声（こえ）でいいました。

「まほろ。都（みやこ）から、たったいま、しらせがとどいた。

いいかい、おどろくんじゃないよ。なんとまあ、かの有名（ゆうめい）な絵師（えし）の雲舟（うんしゅう）先生が、このやしきにきてくださることになった！」

「えっ、ほんとう？　すごい！」

おどろくなといわれても、それはむり。まほろの目は、まんまるになりました。

口も、あんぐりあいています。

なにしろ、雲舟というのは、ちかごろ、都で大評判の絵師なのです。

生まれながらの天才らしく、ほんの子どものときに、足の指でかいたカタツムリがほんものになって、にょろにょろうごきだしたとか、絵の勉強をしようと思ったのに、どの先生からも、教えることがないとことわられてしまったとか、すばらしいうわさは、かぞえきれないほど。

おやかたさまは、そんなすごい絵師をまねいて、おやしきのふすまに絵をかいてもらおうというのです。

「さて、なにをかいていただこう。空をかけていく大きな竜はどうかな。へやのまんなかにすわって、ふすまをしめれば、ぐるりと竜の絵にかこまれる。いっしょに空を飛んでいるようなきもちになるだろうよ」

おやかたさまは目をほそめて、そのようすを思いうかべました。

「いいなあ。わたしのおへやにも、絵をかいていただきたいなあ」

まほろがいうと、おやかたさまは、にこにこ、うなずきました。

「もちろん、おねがいしてあるとも。まほろのへやのふすまは、どんな絵がいいかな。花と鳥かい。銀色の満月かい。それとも、遠くの国のけしきかな」

「どうしよう。まよっちゃう！」

「うーむ、竜もよいが、やはり、獅子をおねがいしようかな。いやまてよ、天女もいいかもしれんなあ」

「すてき！　おへやが物語の世界になるのね」

だいすきな絵にかこまれて毎日すごせるなんて、ゆめのようです。

「ねえねえ、おとうさま、雲舟先生は絵巻物もかいてくださるかしら」

おやかたさまは、うんうんと、うなずきます。

「もちろんだとも。雲舟先生なら、かぐや姫だろうが、一寸法師だろうが、さらさらと、かきあげてしまうだろうよ」

まほろは、うれしくて頭がぼおっとしてきました。

それは、おやかたさまもおなじようです。

なにしろ、ふたりとも絵や本がだいすきなのです。

あんな絵をかいてもらおう、いや、やっぱり、こんな絵がいいのではないかと、むちゅうになって話しつづけます。

ふたりの目にはもう、生まれかわったおやしきがみえているようです。

そのようすをほほえましくながめながら、砧は台所にもどりました。

砧が台所で里芋の皮をむいていると、使用人頭の忠兵衛がやってきました。

「うーっ、さむいなあ」

あごがとんがり、目がつりあがった忠兵衛は、どことなくキツネににています。

大きなそろばんをもって、砧のとなりに、どっこいしょと、すわりこみました。

「ええ、また雪になりそうですね」

砧があいづちを打つと、忠兵衛は耳のあなをぐりぐりほじり、耳たぶをぎゅうぎゅうひっぱってからいいました。

「でも吹雪にはならんな。吹雪のまえには、どこからか、ひゅるひゅるひいほーって、歌みたいなのがきこえるんだけどね、いまんとこ、それがないからさ」

「へーえ、忠兵衛さんには雪女の歌がきこえるのかしら。

吹雪のときには、雪女がじぶんのむすめの雪ん子たちをつれて、うたったり、お

どったりするそうじゃありませんか」

砧がいうと、忠兵衛は、にやっとわらいました。

「雪女か。いちど、会ってみたいものだな。たいそう美人らしいね」

「あらやだ。雪女に会ったら、つめたい息をふきかけられて、こごえ死んでしまいますよ」

「そうだな。雪女より、とびきり美人にばけたキツネがいいか。しかし、タヌキは、だめだ」

忠兵衛は、砧がタヌキだとは気づいていません。

「おや、どうしてですか」

砧は、しらん顔で、里芋の皮をむきつづけました。

「タヌキは頭がわるいから、美人にばけられないんだよ。ありゃあ、タヌキじるにして食うのがいちばんさ」

砧は、かちんときましたが、忠兵衛は、ぺらぺらつづけます。

「そのむかし、この台所に、ふとったタヌキがとびこんできたことがあってな。タヌキじるにして食おうとしたら、おくがたさまに、しかられたんだ。なんとまあ、おくがたさまは、そのタヌキにあんころもちをたべさせて、山にはなしてしまったよ」

じつは、そのときに命をたすけられたタヌキが砧です。

砧は恩がえしをするために、おやしきにもどってきて、まほろの乳母になったのでした。

やさしかったおくがたさまを思いだして、じんわり、なみだぐむ砧に、忠兵衛がひそひそと耳打ちをしました。

「ところが、おくがたさまは、そのあとすぐになくなってしまった。ひょっとすると、あのタヌキにたたられたのかもしれんぞ」

砧は目をかっとみひらいて、忠兵衛をにらみました。

「そんなばかな！」

「あはは、そうだよな、考えすぎだよな。でもなあ、砧。わたしはしんぱいなんだよ。だって、おやかたさまも、おくがたさまとおなじように、心のやさしいかただ

からね。タヌキにだって、ころっと、だまされそうじゃないか」
砧は、どぎまぎして、手にもっていた里芋をころがしてしまいました。
忠兵衛は、うむうむとうなずきながら話をつづけます。
「まほろ姫さまも、おやかたさまににて、ゆめみがちだから、あぶないぞ。
たいせつな姫さまが、へんなタヌキにばかされたら、たいへんだ。
おまえさんや、わたしのようなしっかり者が、
きっちり守ってさしあげなくては。
なあ、たのんだぞ、砧！」
忠兵衛は、砧のかたを、ぽんとたたきました。
びくっとした砧のおしりから、
タヌキのしっぽがぽろりと出ましたが、
砧はすぐに里芋のかごをひきよせてかくしました。
さっさと話題をかえたほうがよさそうです。
「それはそうと忠兵衛さん。うかぬ顔をして、

どうしたんですか？」

　忠兵衛は、そろばんをかしゃかしゃふりました。

「おお、それそれ。きいたかい、都から絵師をよぶという話」

「ええ。おやかたさまも姫さまも、たのしそうですね」

　忠兵衛は、ためいきをつきました。

「いやはや、まいったよ。ふすまが古びてきたので、あたらしくして絵でもかかせたいとおっしゃるから、そうですねとこたえたら、いつのまにか、どうせなら一流の絵師がいいとなって、なんと、当代超一流の都の絵師に、おねがいの手紙を出してしまわれた」

　砧は、わらいました。

「ふふふ。おやかたさまらしいですね。絵のこととなると、もうむちゅう」

「しかし、なにも雲舟じゃなくてもいいだろう。おやかたさまは、おかねのことは忠兵衛にまかせたとおっしゃるのだが、どう計算しても、むりだ。そろばんも、わたしの頭も、こわれてしまいそうだよ。ああ、こまった」

忠兵衛は、そろばんをおでこにくっつけて、うなりました。

「忠兵衛さんは、たよりにされているんですよ。なんとか知恵をはたらかせてくださいまし」

砧がはげますと、忠兵衛は、またふかいためいきをついて立ちあがりました。

「そうだな。おかねがなければ、知恵をはたらかせるしかないよな。
しかしなあ。絵なんてものに大金をはらうなんて、どう考えても、もったいないぞ。そのぶん、うまいものをたべたほうがいいのに。
やれやれ、なにか方法はないものか……」

ぶつぶつつぶやき、そろばんをかしゃかしゃふりながら、忠兵衛は台所を出ていきました。

3. 都からきた絵師

それからしばらくたった、ある日のことです。
午後になると、空がにぶい銀色にしめって雪が
ちらほらとまいはじめました。
おやしきの前には、人だかりができています。
まほろは、おやかたさまや、ギンナン山の里の
人たちとならんで、つまさきだちで山道のむこう
をながめていました。
茶々丸は、すこしはなれたところの、みはらし
のよい木の枝にのぼっています。手にもっている
のは、のぼりのようです。
「まだかなあ。おそいなあ」
茶々丸がつぶやくと、木の下から声がしました。
「いったい、なんのさわぎですか?」

かさをかぶった旅人です。みすぼらしい身なりの、まだとてもわかい男でした。
茶々丸は、ちょっといばって教えてあげました。
「ここの人じゃないなら、しらないのも、むりはないね。都から、すっごい有名人がやってくるんだよ。
その人を宿場町まで馬でむかえにいってるのは、ぼくのとうちゃん。もうそろそろ、もどってくるころなのさ。だから朝から、みんなうきうき、そわそわ、おまつりさわぎってわけ」

「へえ、そりゃあ、たのしみだ。はやくくればいいのにね」

男は、茶々丸といっしょにせのびをして、山道のむこうをながめました。

「あっ、きた！」

茶々丸が声をはりあげました。峠道に、馬のすがたがみえたのです。

里人たちが歓声をあげ、茶々丸は用意していたのぼりを、ぱっとひろげました。

大きな文字で「ようこそギンナン山へ」とかいてあります。

ところが、おやおや、馬の背にのっているのは、たる丸、つまり茶々丸のおとうさんです。ほかには人っ子ひとり、みえません。

「あれ、おかしいなあ」

まほろ、おやかたさま、そしてみんなも、まちきれずに、かけていきました。

「どうしたの？」

「いったい、どういうことだ、たる丸」

馬からおりた、たる丸は、とほうにくれた顔でこたえました。

「宿場町には、それらしいかたがいらっしゃいませんでした。

宿という宿は、すべてきいてまわったのですが、どの宿でも、そんなえらい絵師さまは、おとまりになっていないといわれまして」

「旅のとちゅうで、なにかあったのかしら」

「山賊におそわれたのでしょうか!?」

「なんということだ、こともあろうに天下の絵師の雲舟先生が……」

おやかたさまが顔をくもらせ、里人たちも、ざわざわと、さわぎはじめました。

すると、さっき茶々丸とことばをかわしたわかい旅人が、おずおずと前に出てきました。

「あのう……。ここって、ギンナン山の里ですか？

ひょっとして、みなさんがまっていたのは、都の絵師だったんですか？

だったら、ぼくですけど」

「えっ？」

みんなは、ぽかんと口をあけて、わかい男をみつめました。

「あ、あなたが、かの有名な雲舟先生……ではない、ですよね？」

おやかたさまが、しどろもどろにたずねると、わかい男は、にこにことこたえました。

「もちろん、ちがいます。雲舟先生の弟子の雲風です。

わざわざ、宿場町までむかえにいってくれたんですね。いきちがいになっちゃってすみません。宿にとまるおかねがなくて、馬小屋でねてました。

しかも、道にまよっちゃって。やれやれ、やっとつきました。

せいいっぱい、がんばりますので、どうぞよろしくおねがいします」

男は、ぺこっと、頭をさげました。

おやかたさまは目をぱちぱちするばかりで、へんじができません。

忠兵衛も、あきれ顔で、つぶやきました。

「……はあ、こりゃまたずいぶん……」

けれども忠兵衛は、すぐに大きなあかるい声でいいました。

「いえいえ、なんでもありませんよ。

ほお、雲風先生ですか！　お名前が一文字ちがうだけですね。はははは。

よくおいでになりました。おつかれになったでしょう。

今夜あたり、吹雪になりそうなので、しんぱいしておりました。いやなに、吹雪のまえには、わたしの耳に、ひゅるひゅるひいほーって音がきこえるんですよ。たいてい、あたります。

ああ、よかった、よかった。ささ、おやしきへどうぞ！」


日がくれるにつれて、雪がますますはげしくふってきました。

ほんとうに吹雪になりそうです。

けれども、おやしきの大広間にはあかりがともり、おおぜいの里人があつまって、にぎやかに、ごちそうをふるまわれていました。

おやかたさまとわかい絵師の雲風は上座にならんでいます。

まほろと茶々丸は、ろうかのものかげから、のぞきみをしていました。

茶々丸がわらいました。

「さえない絵師だねえ。しかも『うんぷう』なんて、かっこわるい名前！」

まほろは、わらいません。

「雲舟先生じゃなかったのは、ざんねんだけど、あの人だって都の絵師よ。きっと、絵は、とびきりじょうずなはず。わたしね、おてつだいをして絵のかきかたを教えてもらうつもりなの。だからあんまりえらい人じゃないほうがいいわ。

ねえ茶々丸、なにを話してるのか、ちっともきこえやしない。

「よしきた。ぼく、葉っぱをつかってばけて、もっとそばへいこうよ」

「わたしは、とっくりになる。あわい水色で、白梅の枝がかいてある、きれいなとっくりよ」

「よしきた。ぼく、どんぶりになる。どんぶりになれば、上にのってるごちそうがたべられるから」

ふたりは、それぞれ葉っぱを頭にのせて、くるりと宙がえりをしました。

すると、おてつだいにきていた女の人が「あれ、こんなところに、からのどんぶ

りと、とっくりが」とつぶやいて、台所へはこんでいってくれました。

こうして、ごちそうをのせた茶々丸どんぶりと、お酒の入ったまほろとっくりは、大広間に入ることができたのです。しかもなんと、茶々丸どんぶりは、雲風のおぜんにはこばれました。

「いひひ、やったね！」

こんなにそばでみつめられているとは、ゆめにもしらず、絵師の雲風は、つぎつぎに、ごちそうをたべています。

おやかたさまが雲風に、えんりょがちにたずねました。

「山里のたべものなど、都のかたのお口に

あわないでしょうね」

すると雲風は、みそ田楽をもぐもぐたべながら、いいました。

「いえ、とってもおいしいです。じつはぼく、都に出てきたのはほんの二、三年まえで、生まれも育ちも山奥ですから」

おやかたさまは、ちょっぴり、がっかりしたようでした。

すると、すかさず忠兵衛が口をはさみます。

「なるほど。山奥に生まれた天才少年が、ふるさとで頭角をあらわし、都に出て苦労をかさね、めでたく雲舟先生のお弟子にまでのぼりつめたというわけですね」

雲風は、大根のおつけものをぱりぱりたべながら、首をふりました。

「いいえ。子どものときは、絵なんて、かいたことありませんでした。

あるとき、山菜を売りにいくじいちゃんにくっついて都にいったら、じいちゃんが雲舟先生のうちの裏口でひっくりかえって、うごけなくなっちゃったんです。

しかたないから、しばらくごやっかいになって、先生が絵をかいているのをみてたら、使い走りをたのまれて、そのままなんとなく、おてつだいをするようになりました。それだけです」

おやかたさまが、ぐびりと、つばをのみました。

忠兵衛は、手をもみながらいいました。

「あはは、そんなあ。運も才能のうちといいますよ。おじいさまが雲舟先生のおうちの裏口でひっくりかえるなんて、すごいじゃありませんか！　そのおかげで、お弟子になれたんですもの」

雲風は、川魚の甘露煮を口いっぱいにほおばり、うぐうぐとのみこんでから、こたえました。

「ええ、まあ。でもいちばん下っぱですし、ぼく、これがはじめてのしごとなんです。うまくつとまるか、しんぱいです」

おやかたさまが、がっくりと、かたをおとしました。

忠兵衛は、かわいた声でわらいとばしました。

「いやいや、天下の雲舟先生のお弟子なんですから、おじょうずにきまってますよ、ねえ、おやかたさま」

おやかたさまは、気をとりなおしていいました。

「もちろん、そうでしょうとも。雲風どの、まず、わたしのへやにトラをかいていただきたいと思います。雪げしきにたたずむ雄々しいトラのふすま絵を。いかがでしょう」

雲風は、茶々丸がばけたどんぶりから、里芋の煮っころがしをとろうとしていたところでしたが、そのおはしがとまりました。

「……トラ、ですか……」

おやかたさまと忠兵衛は、雲風の顔をのぞきこみました。

「だめですか？」

雲風は、自信なさげに首をかしげました。

「いえ、たぶん、だいじょうぶです。雲舟先生のお手本をみてかけば、なんとかなるでしょう。

でも、ほんとのことをいうと、このあいだもトラをかいて雲舟先生にしかられたばかりで、どちらかというと、にがてなんです」

おやかたさまは、こめかみをぎゅっとおさえながら、たずねました。

「で、では、なにが、おとくいですか？　天女でもいいですよ。竜か、獅子でもかまいません。

せっかくですから、雲風どののとくいなものを、のびのびと、かいていただきたいですな」

ずらりとならんだ里人たちも、いつのまにか話をやめて、雲風のこたえに耳をすませています。

雲風は、おはしでどんぶりをつつきながら、しばらく考えて、こたえました。

「そうですね。ぼくがお手本をみなくてもかけるのは、カエルとか、ナマズとか、ぺんぺん草とか、かな」

「……カエル……ぺんぺん……」

おやかたさまは、あいた口がふさがりません。

里人たちも顔をみあわせました。

どんぶりにばけた茶々丸は、そのようすがおかしいのと、雲風のおはしにつつかれてくすぐったいのとで、おもわず、ぷふふっと、わらってしまいました。

すると雲風が、はっとしたようすで、どんぶりをみつめました。

「おや、きみは……」

つづいて雲風は、せすじをのばして、まわりのおぜんをみまわしました。

そしてすぐに水色に白梅もようのとっくりに目をとめて、またつぶやいたのです。

「それに、きみは……」

どうやら雲風には、まほろと茶々丸が、どんぶりととっくりにばけていることがわかってしまったようです。

さあ、たいへん。

こんな人間(にんげん)は、はじめてです。

おやかたさまは、茶々丸がタヌキだなんてしりません。

まして、じぶんのかわいい姫(ひめ)がタヌキのようにばけているとしったなら、どれほどおどろくことでしょう。

里人(さとびと)たちがおおぜいあつまっている大広間(おおひろま)は、どんなさわぎになることか。忠兵衛(ちゅうべえ)が茶々丸をつかまえて、タヌキじるにしてしまうかもしれません。

まほろと茶々丸は、おそろしくて息(いき)の根(ね)がとまりそうでした。

茶々丸が、きえいりそうな声(こえ)でうめきました。

「……ぼく、もうだめ。しっぽが出ちゃう……」

そのとき雲風が、茶々丸のどんぶりと、まほろのとっくりをつかんで立ちあがりました。

「おかわりをもらってきます」

そういって、すたすたと台所(だいどころ)へむかったのです。

台所では、砧をはじめ、何人もの女の人たちが、いそがしく立ちはたらいています。

そこへいきなり、お客さまがあらわれたので、びっくりぎょうてん。

「まあ、雲風先生！　手をたたいてくだされば、すぐにまいりましたのに」

かけよってくる女の人たちのなかに砧をみつけると、雲風は、どんぶりととっくりをわたして、ひそひそ声でいいました。

「あなたのぼうやたちをつれてきました。あぶないところでしたよ」

そして、にかっとわらって、口笛をふきながら、かわやへいってしまったのです。

砧は、どんぶりととっくりをもったまま、

へなへなと、すわりこんでしまいました。


その夜おそく、里人たちが家に帰りついたあとのこと。

忠兵衛のいったとおり、吹雪になりました。

夜空のおくから、ひょおひょお、ひゅるひゅると、かん高い音がきこえます。

なるほど、あれが雪女の歌なのかもしれません。雪女の歌声は、糸のように細く遠のいたかと思えば、あれくるう波のようにたけだけしくおしよせてきます。

声をあわせていっしょにうたい、ときおりわらいくずれているのは、むすめの雪ん子たちでしょうか。

白いきものの女と雪ん子たちが、雪つぶてをなげながら、空と大地をかけまわっているようにもみえます。

こんな夜には、けっして外に出てはいけません。

雪女はとても美しい女の人ですが、つめたい息をふきかけて、人やけものをこおらせてしまうそうですから。

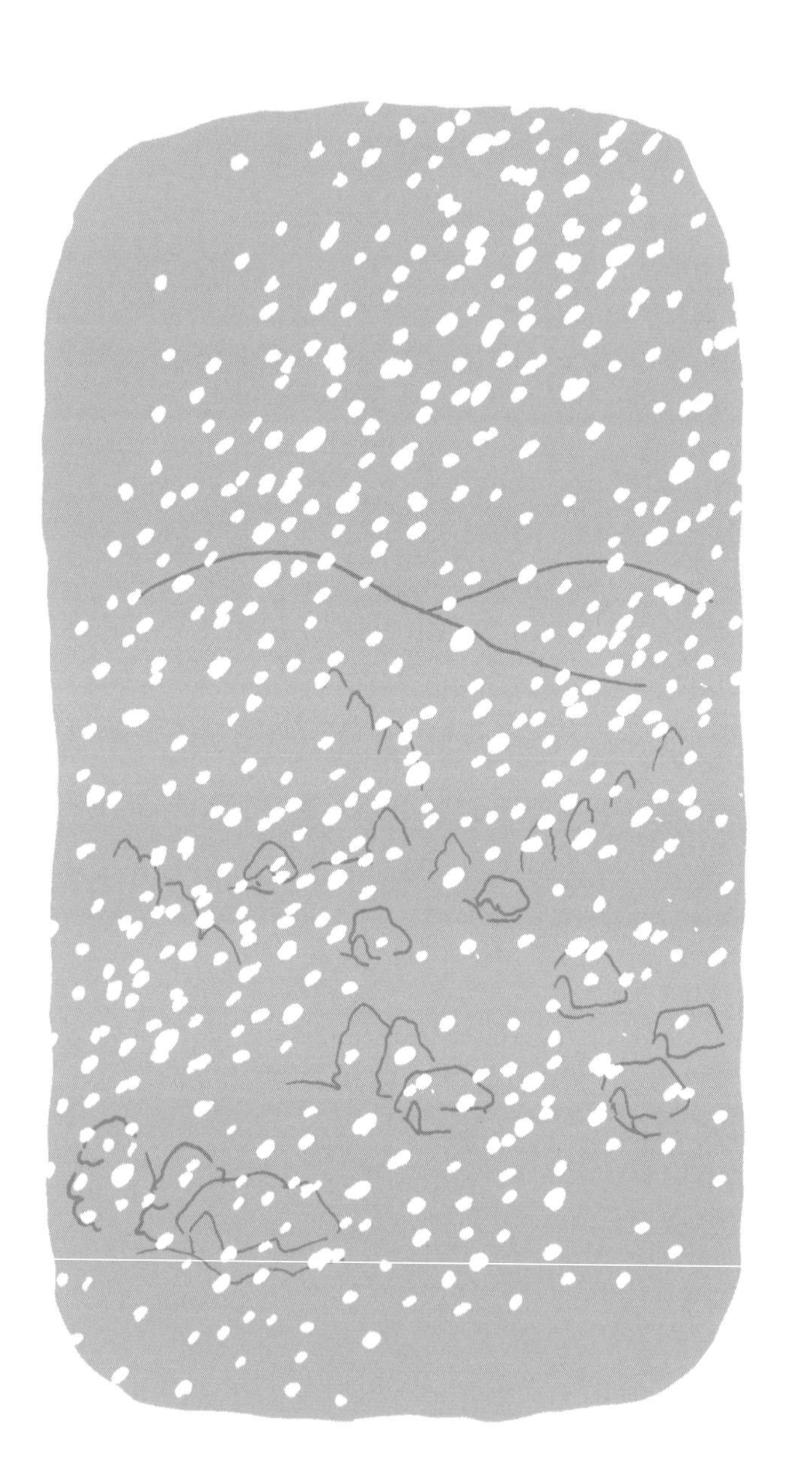

里人たちが戸をかたくとざして、あたたかいねどこでねむっているあいだに、ギンナン山の里もまるごとすっぽりと、ふかい雪のふとんにつつまれていきました。

4. まいご

つぎの朝、まほろは、鏡の光をあてられたようなまぶしさを感じて、目をさましました。

さんざんあばれた吹雪はどこへやら。ぬけるような青空です。

しずかにまるい雪の世界が、おひさまにきらきらかがやいていました。

雪あそびにぴったりのお天気。

まほろは、茶々丸をさそいにいこうと、とびおきましたが、ゆうべのことを思いだして、まゆをしかめました。

「そのまえに雲風先生のところへいって、わたしたちのひみつを、だれにも話さないでくださいって、たのまなくちゃ」

まほろは、つめたい板ろうかを小走りに、雲風のへやへとむかいました。

ところが、雲風のへやから、たのしそうなわらい声がきこえてくるではありませんか。

そっと障子をあけてみれば、砧と、たる丸がすわっています。

「あははは。そりゃあ、びっくりして、しっぽも出ますね」

「はい。それをうまくごまかすのが、また、タヌキの技のみせどころでしてね」

「そうでしょう。そこでばれたら、たいへんだもの」

なんとまあ、砧と、たる丸は、タヌキのひみつを堂々と雲風に話して、いっしょに、わらいころげているのでした。

あきれるまほろに、砧が声をかけました。

「姫さま、おはようございます。さあ、こちらへどうぞ」

にこにこ顔のたる丸も、場所をあけてくれました。

砧が、まえかけのすそで、わらいなみだをふきながら、いいました。

「わたしたちも、どうかだまっていてくださいと、おねがいにあがったのですよ。

でも姫さま、ご安心を。雲風先生は、おみかたですわ」

雲風がいいました。

「ぼくはここよりもっとずっとふかい山のおくで生まれてね、人間の友だちがいなくて、タヌキにあそんでもらって育ったんです。タヌキの友だちなら、なんびきもいます。

そのせいか、タヌキがどんなにじょうずにばけていても、わかっちゃうんですよ。砧さんのことも、お給仕をしていただいたときに、すぐにわかりました。

あ、ぼくは、ぜんぜん、ばけられませんよ。

まほろ姫は、たぬきじゃなかったんですね。びっくりしましたよ。

すごいなあ。きのうのとっくりは、おみごとでした。青磁の水色に白梅の花がじつに美しかったなあ」

ばけかたを人間にほめられるなんて、へんなの。

まほろがへんじにこまっていると、雲風は、まほろのかたのあたりをみていいました。

「おや、そのけものは、なんだい？　耳のかたちはイタチのようだけど」

おどろいたことに、まほろのかたには、かぐやが、ちょこんと、のっていました。

かぐやが、じぶんから進んで人の前にすがたをみせるのは、とても、めずらしいことです。

テングのことは、あんなにきらっているのに、雲風にはもう心をゆるしたのでしょうか。

「いいなあ。かわいいなあ」

雲風は、口をあけて、かぐやにみとれています。

まほろは、かぐやのことを話してみよう

と思いました。

「あのね、雲風先生。かぐやはクダギツネです。ふしぎな竹やぶの光る竹から生まれて、わたしがかっているの」

するとうん風は、いっそう顔をかがやかせました。

「へーえ、これがクダギツネか。ふつうのけものじゃないと思ったよ。クダギツネの話なら、じいちゃんからきいたことがある」

「どんな話？」

「クダギツネがいる家は栄えるそうだよ。お守りみたいなものなんだろうね。こんなにかわいかったら、だれだって、たいせつにするよね」

まほろは、うれしくなりました。

「そうよね、うふふ。やっぱり雲風先生はわかってる。茶々丸とは大ちがいだわ」

そのころ茶々丸は、おやしきの庭にすわりこんで、雪玉をつくっていました。

「まほろったら、おそいなあ。ねぼすけなんだから。

それでも、こんな日は、ぜったい雪合戦をしようっていいだすよ。だから、まほろがくるまえに玉をどっさり用意しておくのが、ぼくの作戦さ」

そのとき、後ろから声がきこえたのです。

「てつだってあげようか」

ふりむくと、色の白い、小さな女の子が立っています。

茶々丸は、ふふんと鼻でわらいました。

「ちっちゃな女の子がつくる雪玉なんて、ふわふわのへろへろで、すぐにばらけちゃう。つかえないね」

すると女の子は、まゆをしかめて茶々丸のとなりにしゃがみ、だまって雪玉をつくりはじめました。

ぎゅっぎゅっ、ぱんぱん、ぎゅっぎゅっ、ぱんぱん。

そのはやいこと、力強いこと。

まわりの雪がみるみるうちに、かたい雪玉の山へとかわっていきます。

「ひょえー。あ、あの、もういいよ。これでじゅうぶんだよ。

へんなことといって、ごめんね」

茶々丸があやまると、女の子は立ちあがり、つんと上をむきました。

「だけどさ、ここはおやしきの庭だよ。きみ、どこの子？」

女の子は、こたえません。

「ひとりできたの？」

女の子は首をふります。

「おかあさんと、おねえちゃんたちときた。ゆうべ」

そして、じぶんがほりおこした雪の下をのぞいて、はずんだ声をあげました。

「あっ、あれ、なあに？」

茶々丸がみると、雪の底に土がみえていて、小さな芽がのぞいています。

「なんかの芽だよ」

「それって、いいもの？」

茶々丸は、鼻をぴくぴくさせて、芽のにおいをかぎました。

「たべられそうにないや。だから、べつにいいものじゃないよ」

そこへ、まほろがやってきました。

「ううん、とってもいいものよ。春になったら、お花がさくの。そのあたりなら、きっと福寿草だわ」

「ふくじゅそう……？」

女の子は、まほろのことばを、くりかえ

しました。
「そう。雪がとけると春いちばんにさく、きいろいお花。
福寿草って、いいことがいっぱい、っていういみよ」
まほろがにこにこしながら教えてあげると、女の子も、えがおになります。
わらうと、みちがえるほど、かわいい子です。
「わたしだって、いいものもってるよ」
そういって、首にかけたふくろから水晶玉をとりだしました。
小さな水晶玉は、まわりの雪げしきをうつして、まぶしく光ります。

「わあ、きれい！」

「なにそれ？　みせて」

けれども女の子は、すぐに水晶玉をひっこめて、こわい顔でいいました。

「さわっちゃだめ！　おかあさんのだいじなものだから」

おどろくまほろに、茶々丸がささやきました。

「この子、おかあさんや、おねえちゃんたちときたんだってさ。ゆうべ」

まほろは首をかしげました。

「ゆうべ？　へんね。いまうちには、雲風先生のほかに、お客さまはいないはずだけどな。

おかあさんたちは、どこにいるの？」

女の子は、ぷいっと、そっぽをむきました。

「しらない。どっかにいっちゃった」

まほろと茶々丸は、顔をみあわせました。

「もしかして、きみ、まいご？」

茶々丸がたずねると、女の子はちょっと考えてから、こくりと、うなずいたのです。

まほろと茶々丸は、また顔をみあわせました。

「どうする、まほろ?」

「砧のところにつれていこう。さあ、いらっしゃい」

まほろは、女の子の手をとりました。

その小さな白い手は、

はっとするほどつめたいものでした。

5. カエルの魂

おやしきの人々はもちろん、里人たちも、入れかわり立ちかわり、まいごをみにきました。でも、だれもが「どこの子かわからない」「こんな子は、みたことがない」といって帰ってしまいます。

たる丸が首をひねりました。

「おかしいですねえ。だれひとり、この子のおっかさんに心あたりがないなんて」

砧も、こまった顔でいいました。

「さぞ、しんぱいなさっているでしょうに。おきのどくに。

ところで、まいごちゃん。あなたのお名前は?」

まいごの女の子は、まほろのせなかにかくれて、みんなの顔色をうかがいながら、こたえました。

「小雪よ。いちばん下の妹だから」

そして、まほろのてのひらに、つめたい手をすべりこませてきました。

まほろは、もしじぶんに妹がいたら、こんなふうにあまえてくるんだろうなと思って、その手をにぎってあげました。

すると、いいことを思いついたのです。

「そうよ。おうちがみつかるまで、わたしのおへやでくらせばいいんだわ。おとうさまだって、もちろん、いいっていうわよ。こんなかわいいお客さまならだいかんげい。

わたし、あなたのおねえさんになってあげる」

茶々丸が声をはりあげました。

「まほろ、どういうことだよ」

「小雪ちゃんは、わたしの妹になるの。だから、茶々丸にも妹ってことよ」

「えっ、妹？」

おどろく茶々丸をよそに、小雪は、ぱっと顔をかがやかせました。

「わあい、まほろねえちゃん、ありがとう！

茶々丸にいちゃん、ありがとう！」

そのえがおにつられて、砧（きぬた）やたる丸（まる）もわらいだします。

「いまのところ、それがいちばんですな。じきに、おっかさんが、むかえにくるでしょうよ」

たる丸がいうと、砧もうなずきました。

「そうですね。あとで姫（ひめ）さまのおへやに、小雪ちゃんのおふとんをはこばせておきましょう」

まほろは、うれしくてたまりません。

「わたしたち、おふとんをならべてねるの

よ、小雪ちゃん。ねるまえに、絵巻物をよんであげるわね。

かわいい妹ができたし、雲風先生がすてきな絵をかいてくださるし。

ああ、なんてたのしい冬かしら」


もっとも、その雲風は、すこしもたのしそうではなく、おやかたさまとひざをつきあわせて、しぶい顔をしていました。

ふたりは、おやかたさまのへやで絵のそうだんをしているところだったのです。

下絵を手にして、おやかたさまがうなりました。

「雲風どの。しつれいながら、これはトラというより、ネコですな」

雲風は頭をかきました。

「そうですよね。でもぼく、トラって、みたことがないんです」

「そりゃそうでしょう。ほんもののトラをみたことがある人なんて、めったにいやしません。おそらく雲舟先生だって、トラをみたことはないはずです」

「雲舟先生は、ほんとにすごいですよね。ぼくも、ああいう絵がかけるようになりたいんです。

　でも、どんなにお手本そっくりにかいても、ぜんぜん、ちがうんですよ。どうしてかなあ。どこがちがうと思いますか？」

　おやかたさまは、こまってしまいました。

「そんなこと、わたしにきかれても……。よわりましたな。

　まずは、たゆまぬ練習でしょう。雲舟先生は、これまでに、たいへんな枚数の絵をかいてきたはずです。芸事は、地道なけいこのつみかさねですからね」

　雲風は、大きくうなずきます。

「なるほど。ぼくも、もっとたくさんかかなくちゃだめですよね」

おやかたさまは、そこでまた、うなりました。

「しかし、どうやら、それだけではないようです。なんというのか、あえていえば、あなたの絵には魂が感じられません」

雲風は、打たれたように目を大きくみひらきました。その目に、みるみる、なみだがもりあがっていきます。

おやかたさまは、あわてて口をおさえました。

「ことばがすぎました。ゆるしてください」

「魂……。魂がなきゃ、だめにきまっていますよね」

雲風は、うなだれて、へやを出ていきました。

おやかたさまは、ためいきをつきました。

「やれやれ、きのどくなことをしてしまった。

しかし、あれでもほんとうに雲舟先生の弟子なのだろうか。

そもそも、いったいどうして雲舟先生ではなく、あんなへっぽこ絵師がきてしまったのだろう。おかしいなあ」

雲風がしょんぼりとじぶんのへやにもどると、まほろと茶々丸、そして小雪がまっていました。

まほろと茶々丸は、さきをあらそって小雪をしょうかいしました。

「この子、小雪ちゃんだよ。ぼくがみつけた、まいごなの」

「おうちがみつかるまでここにいるのよ、わたしの妹としてね」

「だから、ぼくの妹なんだよ」

「へえ、そうか。ふうん、よかったね」

雲風は、そんなことより、とにかくくたびれたというように、がっくりと、つくえの前にすわりこみました。

まほろが、にじりよります。

「雲風先生、絵をかくところをみせてください！」

雲風は、きゅうにおどおどした顔になりました。

むりもありません。たったいま、おやかたさまの前で、へっぽこぶりを思いしらされたばかりなのですから。

茶々丸もいいました。

「雲風、カエルをかいてよ！　とくいなんでしょ」

まほろが茶々丸をにらみます。

「よびすてにするなんて、しつれいよ。ちゃんと雲風先生っていいなさい」

雲風は、力なくわらいました。

「いいよいいよ。どうせぼくは、先生ってよばれるほど、じょうずじゃないから。

雲風先生なんてよばれると、せなかがむずむずして、くしゃみが出ちまう。

よしっ、カエルか。

カエルなら、お手本をみなくてもかけるから、かいてやろう」

そういって紙をとりだし、筆に墨をつけて、かきはじめました。

まほろと茶々丸、それに小雪も、つくえに頭をよせて、みじろぎもせずに雲風の手もとをみつめます。

雲風が筆をあげるとどうじに、茶々丸が声をあげました。

「うわあ、トノサマガエルだあ！」

まほろも感心していいました。

「すごーい！　いまにも、ぴょこたんって、はねそうね」

「ねえ雲風、ガマガエルもかいてよ」

茶々丸がたのむと、雲風は「おお、まかせとけ」といって、さらさらと筆をうごかしました。

するとたちまち、紙の上に、ずんぐりとしたガマガエルがあらわれました。

「うっひゃあ！　ガマのあぶらが、たらーりって、とれそうだね」

茶々丸が大声でいうと、雲風も、あかるい声でわらいました。

「そのとおり。こいつのあぶらをとって薬にすれば、よくきくぞ」

そこでふと、まじめな顔になり、まほろと茶々丸の顔色をうかがうようにたずねました。

「ところできみたち。このカエルには、魂が感じられる？」

まほろと茶々丸は、にぎやかにこたえました。

「魂？　もちろんよ。なんだかうれしそう」

「そうそう、おいしいものたべて、おなかがいっぱいって感じ」

雲風は考えこみました。

「ふうん、これには魂があるのか。なんでかなあ」

そんな雲風のそでを、まほろがひっぱります。

「ねえ雲風、もっときれいなものをかいてよ。チョウチョがいいな」

いつのまにか、まほろも雲風をよびすてにしていますが、雲風は気にするようすもありません。

「チョウチョかい。よし、かいてやろう。

モンシロチョウ、モンキチョウ、シジミチョウ、セセリチョウ、キアゲハ、クロアゲハ……。ほうら、ちがいがわかるかい？」

雲風は、大きいのや小さいの、いろんなかたちのチョウチョを、さらさらとかい

ていきました。

「わかる、わかる！　チョウチョがとまれるように、れんげのお花もかいて」

まほろは、おおはしゃぎです。

「おう、れんげもとくいだぞ」

雲風は、れんげの花をかいて、チョウチョに花のみつをすわせました。

「うおー。ほんとに春がきたみたいだ」

「だったら、すみれは？　菜の花は？」

「オタマジャクシもかいてよ。テントウムシも。あと、うまそうなバッタも」

「メジロもかいて」

「よーし、みんなかいてやるぞ。メジロには梅の木がひつようだな。ヒバリもかこうか。つくしんぼの土手もかこう。

そうだ、ひさしぶりに土のなかから出てきて、びっくりしているモグラもかいてやろう」

紙の上には、春のけしきがどんどんひろがっていき、まほろと茶々丸は、そのたびに、にぎやかな歓声(かんせい)をあげました。

けれどもじつは、だれよりも、その絵(え)に心(こころ)をうばわれていたのは小雪(こゆき)だったのです。

小雪は目をまるくして、つぶやきました。

「……春(はる)って、いいねえ。いいことがいっぱいなんだね」

6. 水晶玉

　まほろたちは、雪あそびをしようと庭へ出ました。
「ああ、きもちがいい。こんな日は、やっぱり雪合戦よね」
　まほろがいうと、茶々丸は、にやりとわらいました。
「かくごしろよ、まほろ。
　きょうこそ、こてんぱんに、やっつけてやる。
　ひっひっひ」
「負けるもんですか。
　だけど小雪ちゃんは、どうしようか？」
「まほろの後ろにかくれてればいいよ。
　ぼく、なるべくあてないようにしてあげる」

「そうね。みてるだけでもいいのよ、小雪ちゃん。おうえんしててね。

茶々丸なんか、わたしひとりで、さっさとやっつけちゃうから。

ほら、いくわよ!」

まほろは走りだし、ふりむきざまになげた雪玉が、茶々丸に命中しました。

「やったなあ!」

こうして雪合戦がはじまりました。

まほろと茶々丸は、おやしきの庭をかけまわり、松の木や石灯籠のかげにかくれて雪玉をなげあいます。

「えーい!」

「どうだ、まいったか!」

わらいながら息をきらせて走りまわるふたりを、小雪は、にこにことながめています。

まほろのなげる玉はよくあたりますが、なかなか勝負がつきません。茶々丸には、小雪につくってもらった雪玉がどっさりあるからです。

まほろは、だんだんくたびれてきました。

「茶々丸ったら、きょうは、ずいぶん用意がいいのね」

すると小雪が前に出てきました。

そして目にもとまらぬはやさで雪玉をつくり、茶々丸めがけて、ひゅんひゅんなげはじめたのです。

茶々丸が雪玉をひとつなげるあいだに、小雪の玉は三つもあたります。強いこと強いこと。

「やるなあ、小雪ちゃん！」

さいしょは手かげんしていた茶々丸も、本気になって小雪に雪玉をなげはじめました。

それでも、ひとつもあたりません。小雪はとてもすばしこいのです。

身をひるがえしてかけまわる小雪の足が地面からうきあがってみえたのは、気のせいでしょうか……。

まほろも、負けじと雪玉をなげます。

ふたりから、雪玉をさんざんぶつけられた茶々丸は、
とうとう悲鳴をあげました。

「もう、だめだあ。こうさんですー！」

まほろと小雪は、手をたたいて大よろこび。

雪の庭に、三人のあかるいわらい声がひびきました。

「ああ、おもしろかった。小雪ちゃんて、強いのねえ」

「そうだよ、強いんだよ。もっとやろうよ、もっとやろうよ！」

小雪は、ぴょんぴょんとびはねて、せがみます。

でも茶々丸は、雪の上にばたんとたおれて、うごきません。

「ああ、きもちいい。しばらくねかせてー」

さすがのまほろも、縁側にすわって、息をととのえました。

「ちょっとおやすみしようか」

小雪は、つまらなそうに庭のすみへいき、ひとりあそびをはじめました。

水晶玉をのぞきこみ、小声で歌をうたっています。

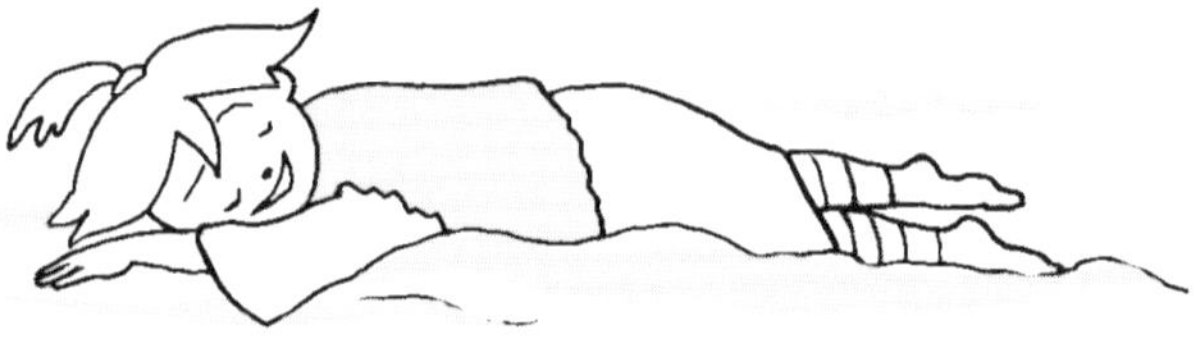

まほろは、つぶやきました。
「あの水晶玉。おかあさんのだいじなもの
だっていってたけど、
そんなものであそんでいいのかしら」

その夜。

まほろが小雪をつれてへやに入ると、竹筒からひょっこり、かぐやが顔をのぞかせました。

すききらいのはげしいかぐやがおこって静電気をとばしたら、小雪はこわがって泣きだすかもしれません。

まほろは、はらはらしながらいいました。

「あのね、かぐや。きょうから小雪ちゃんもいっしょなの。

小雪ちゃん、かぐやはクダギツネよ。でも、こわがらないでね。わたしのお守りみたいなものだから」

ところが小雪は、へいきです。指をのばして、かぐやの鼻をちょんとさわりました。

かぐやも、ほわっと光ります。

まるで、むかしからのしりあいが、かるくあいさつをかわしたように。

「よかった。これでもう、ふたりはなかよしね。

さあ、ねるまえに絵巻物をよんであげるわ。どれがいいかしら」

まほろは、たなから絵巻物を一本とりだして、くるくるっとひろげました。

「むかし、あるところに、ネズミの大臣がいました。ネズミ大臣は、そろそろ、およめさんがほしいと思っていました」

小雪は、人間のきものをきたネズミたちの絵を、くいいるようにみつめています。

「おもしろい?」

「うん」

まほろは、はりきって、つづきをよみました。

「ネズミ大臣は、できることなら、人間のお姫さまと結婚したかったのです。

ある日、お宮におまいりにいったネズミ大臣は、そこできれいなお姫さまをみかけました」

まほろが絵巻物をまた、くるくるひろげると、満開のさくらの花の下に、お姫さまが立っている絵があらわれました。

小雪は、うっとりと、ためいきをつきました。

「きれい……」

「ね、きれいなお姫さまでしょ」

けれど小雪は首をふって、さくらの木を指さしました。

「ううん、こっち。どうして雪が白くないの?」

まほろは、きょとんとしました。

「これは雪じゃないわ、さくらの花よ。春だもん」

「春になると、木がこんなにきれいになるの？」

小雪は、まじめな顔でたずねています。

まほろは、わらいだしました。

「小雪ちゃんて、おもしろい。いったいどこからきたのかしら。

そうよ。ギンナン山ではね、春がきて雪がとけると、きいろい福寿草がたくさんさいて、山のあちこちに、さくらがさくの。

ピンク色の雲がおりてきたみたいで、そりゃあきれいよ」

「ふうん……」

小雪は、しばらくぼんやりしていました。それから、水晶玉のふくろをぎゅっとにぎると、ほおづえをついて、せがみました。

「ねえ、はやくつづきをよんでよ、まほろねえちゃん」

ふたりが絵巻物をよみおわったころ、砧が顔を出しました。

「さあさあ、もう、おやすみなさい」
砧は、へやのあかりをけしました。
「また吹雪になるって忠兵衛さんがいってたけど、
そのとおりでしたね」
耳をすますと、どこか遠くで、ひゅるひゅると音がします。
歌のようにも、よび声のようにもきこえます。
とたんに小雪がふとんをかぶってしまったので、
まほろは、小雪のふとんをやさしく
たたいてあげました。
「だいじょうぶよ、小雪ちゃん。
吹雪がこわいのね。
でも、ここにいれば、だいじょうぶ」

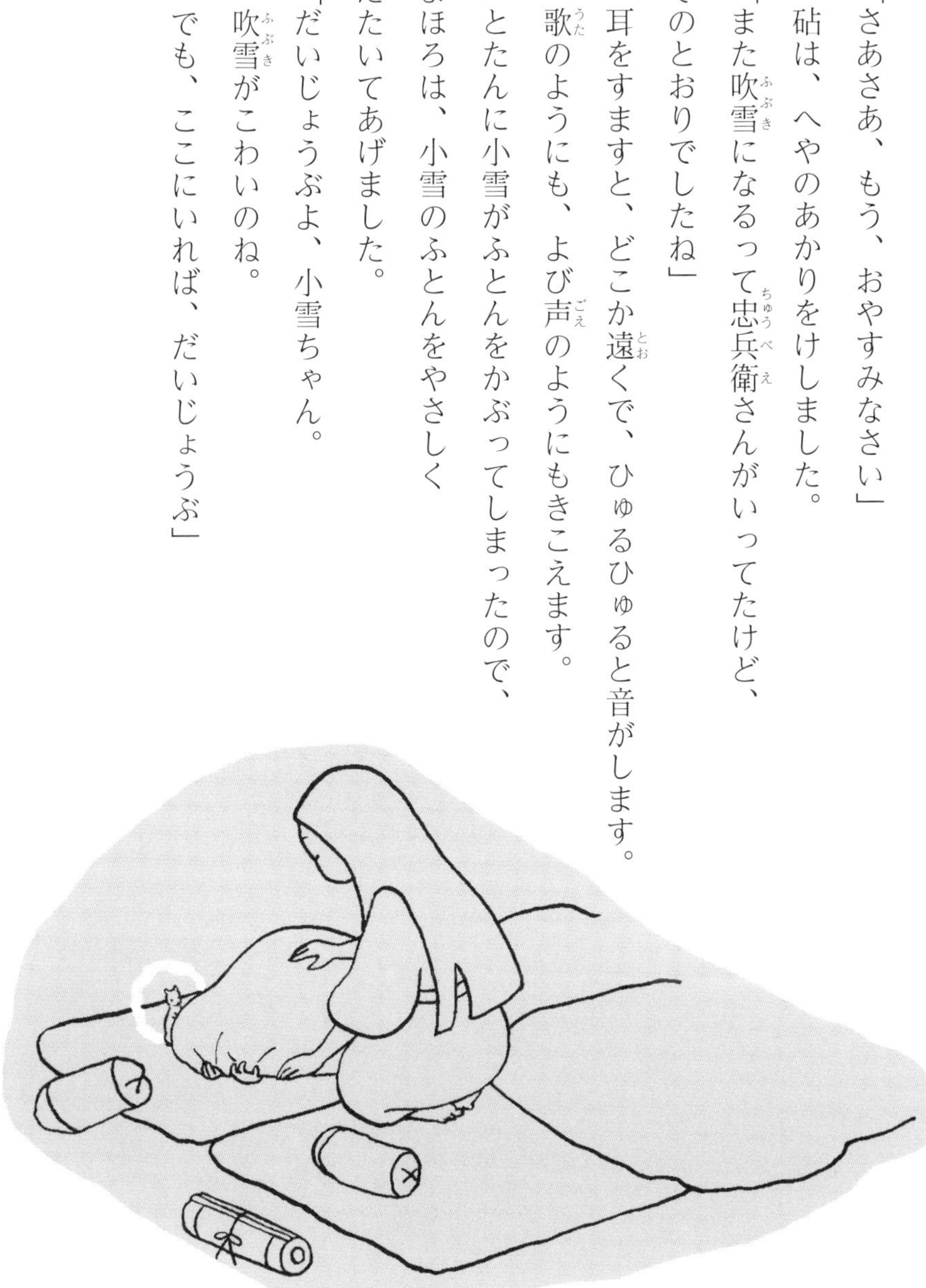

7. 絵師にも葉っぱ

まほろたちは、毎日、雪あそびをします。かまくらのなかで、おやつをたべたり、氷をくりぬいて、夜にはそこにあかりをともしたり、じぶんたちにそっくりの雪だるまをつくったり。

日がくれてからは、絵巻物をよんだり、かるたや、すごろくをしたりしてすごします。まほろが、かぐやの笛をふいて、小雪がうたうこともありました。

小雪は歌がじょうずだったのです。

「小雪ちゃんがいると、たのしいね」

「いつまでもここにいてね、小雪ちゃん」

「うん、そうする」

おやしきには、子どもたちのにぎやかな声が、いつもきこえていました。

それにひきかえ、雲風(うんぷう)は、ゆううつな顔(かお)です。

日に日に、青白く、げんきがなくなっていきました。

ある夜(よる)のことです。

砧(きぬた)が、まほろをよびとめていいました。

「姫(ひめ)さま。雲風先生のお夜食(やしょく)に、砧特製(とくせい)のあんころもちをつくりました。これをたべれば、きっとげんきが出ます。もっていってあげてくださいませ」

砧にたのまれて、まほろは、あんころもちのおぼんをもって、雲風のへやへとむかいました。

ところが、くらいろうかのかどをまがると、

「うーーーっ」

と、うなり声(ごえ)がきこえたので、まほろは立ちすくみました。

「ちがう。だめだ。これもだめだ……。ぼくはやっぱり、へたくそだ！」

なあんだ、雲風の声(こえ)でした。絵(え)がうまくかけないようです。

まほろが、ほっとして、へやに近づくと、こんどは、あやしい人かげが障子にはりついて、なかのようすをうかがっているではありませんか。

まほろは、また、立ちすくみました。

けれどもよくみれば、おなじみの人です。

「なあんだ、忠兵衛じゃないの。なにしてるの?」

まほろが声をかけても忠兵衛は気づきません。首をのばして、へやのなかをのぞき、ぶつぶつとつぶやいていました。

「ひどい。あんまりだ。まいったなあ」

まほろは、忠兵衛のせなかを、とんとんとたたきました。

「ご用があるなら、なかに入ったら？」

忠兵衛は、ぎょっとして、とびすさりました。

「これは姫さま！　いえなに、たまたまとおりかかったところ、雲風先生が熱心に絵をかいていらっしゃるので、さすがに都の絵師はすごいなと感心いたしまして。いやあ、すばらしい絵ですねえ」

そういって、あたふたと立ちさりました。

まほろは顔をしかめました。

「ひどいって、いったくせに。心にもないおせじは、いやみなだけよ。まあ、いいか。雲風、あんころもちをもってきたわよ」

おぼんをもって、雲風のへやに入りました。

「ああ、ありがとう。そのへんに、おいといて」

そういわれても、へやのなかは、くしゃくしゃにまるめた紙だらけで、おぼんをおくところも、まほろがすわる場所もありません。

こまっていると、雲風は、てれわらいをして、まわりの紙をはらいのけました。

「ごめんごめん。砧さんのあんころもちは、おいしいよね。いなかで、じいちゃんがつくってくれた、わらびもちを思いだすよ」

砧のねらいどおり、げんきを出してくれそうです。ところが、

「ずいぶんがんばってるわね、雲風。ネコの絵がこんなにいっぱい！」

まほろがいったとたん、雲風の顔がこわばりました。

「……やっぱり、ネコにしかみえないか」

どうやら、まずいことをいってしまったようです。

まほろは、いそいであやまりました。

「ごめんなさい、ネコじゃなかったの？」

雲風は、大きなためいきをつきました。

「いちおう、トラのつもり。たくさん練習をすれば、かけるかと思ったんだけど、だめだ。雲舟先生のお手本どおりにかいているのに、なにかがちがう」

まほろは、雲舟先生のお手本と、雲風がかいた絵とをみくらべました。

お手本のトラをみていると、ぞくっとして、鳥肌がたちます。

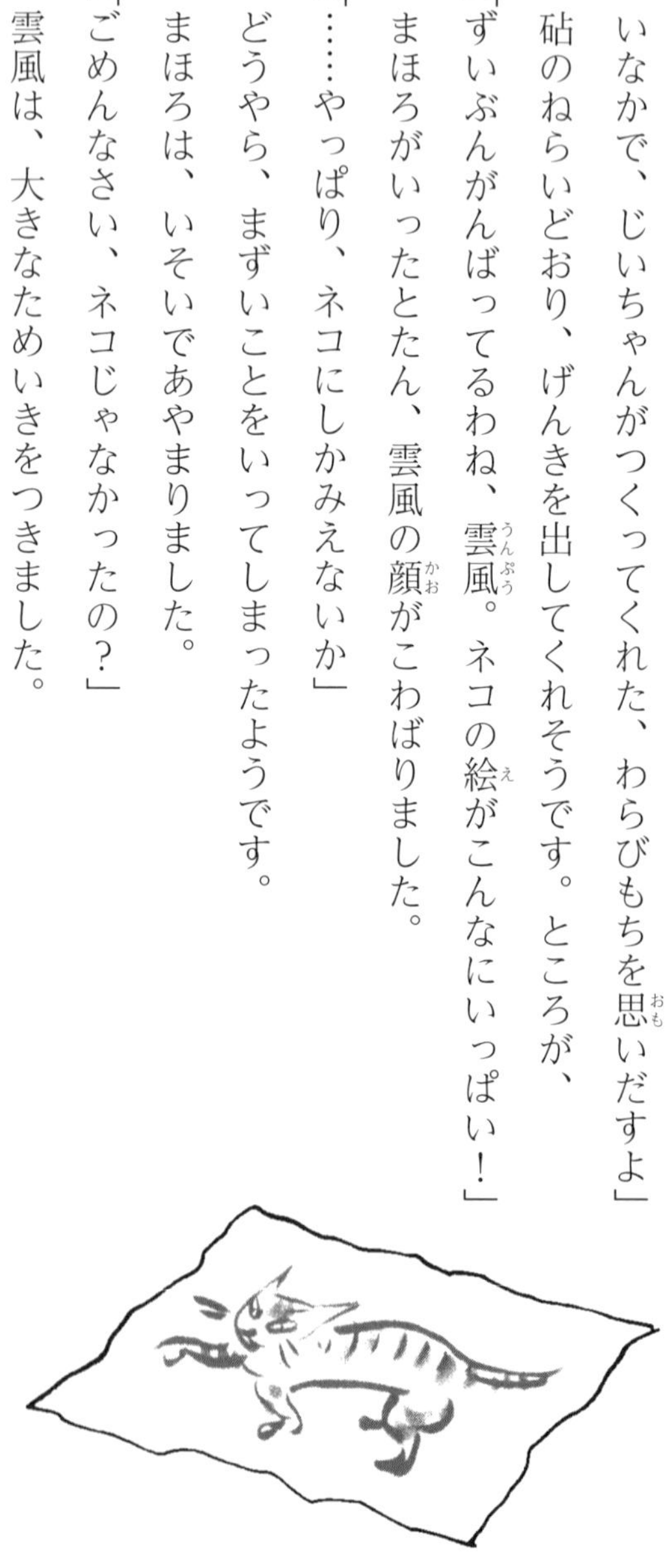

「とびだしてきそうで、こわい」

「うん。雲舟先生は、じぶんがかいた絵のうらに×じるしをかくんだ。へただからじゃないよ。絵にかいたものが、とびだしてこないようにさ」

「へーえ。雲風のは、こわくないわ。毛皮みたいだもん。……あっ」

まほろは、しまったと口をおさえました。

「そのとおり。ぼくの絵は上っつらだけ。魂がない。才能がないんだよ」

雲風は、うなだれて、あんころもちをみつめています。

「……ふうっ。じいちゃんの、わらびもちがたべたい。

いなかに帰(かえ)っちゃおうかなあ、絵師(えし)なんかやめて」

すっかりしょげてしまったではありませんか。

「ううん、才能(さいのう)はあるわよ。あるにきまってる！

カエルやチョウチョが、あんなにじょうずにかけるんだもの」

「そりゃあ、ああいうものなら、子どものころから、よくしってるもの。目をつぶっていたって、すみずみまで、ちゃんと思(おも)いえがける。

雲舟(うんしゅう)先生は、心(こころ)の目でみろというけれど、からだの目でみたものだから、目をつぶってもみえるんだ。ちがうかい？」

まほろには、わかりません。

すると雲風(うんぷう)がつづけていいました。

「ぼくはね、カエルやチョウチョのことなら、よくわかるんだよ。

まるでじぶんが池(いけ)にちゃぽんととびこんだり、花のみつをすったりするみたいにね。だから、どんなカエルやチョウチョでもかけるのさ」

このとき、まほろには、ぴんときたのです。

「そうか。ばけるときとおんなじ！」

雲風が顔をあげました。

「どういうこと？」

「あのね、なにかにばけようと思ったら、さいしょに、そのことをいっぱい考えなくちゃいけないの。

たとえば、とっくりにばけるなら、どんな色かな、かたちかな。さわるとつるつるかな、ざらざらかな、指ではじくとどんな音がするかしら、もようの梅の花のつぼみはいくつかしらって、よーく考えるの。

だんだん、とっくりのことで頭がいっぱいになって、そのうちに、きもちまで、とっくりになっちゃうでしょ。

それから葉っぱを頭にのせて、えいっ！って宙がえりをすればうまくいくのよ」

雲風は、すわりなおして、うでぐみをしました。

「なるほどねえ。ぼくだって、オタマジャクシをかいているときは、いつのまにか、おちょぼ口になっていて、おしりの骨がひくひくうごく。

牛をかくときには、よだれが、たらーっと出るよ」

まほろは、ふきだしました。

雲風も、ちょっとわらいました。すこしげんきが出たらしく、あんころもちに手がのびます。

「もしかしたら、それが心の目でみるってことなのかもな。

でも、じっさいにみたこともないトラのきもちになるのは、むりだよ。

あーあ。ぼくにも葉っぱがあったらかけるのかなあ」

まほろは、しばらく考えていましたが、やがていいました。

「雲風にならあげてもいいわ。たいせつな葉っぱだけど」

「え？」

まほろは、おさいふから葉っぱを一枚とりだしました。

「タヌキの葉っぱは、すごいのよ。神通力があるんだもん。

雲風はタヌキのひみつをしってるから、もしかしたら、ききめがあるかも」

そういって、葉っぱを雲風の頭の上にのせました。

「さあ、トラのことを考えてみて。たとえばほら、ぶちや、三毛のトラはいないの？」

雲風は、あんころもちをほおばって、わらいました。

「いない、いない。トラは黒ときいろのしまもようって、きまってる」

「大きさは？　ネコよりずっと大きいんでしょ」

「ネコ五ひきか、十ぴきぶん。いや、もしかしたら五十ぴきぶんかもしれない」

「そんなに！　ネコの足はかわいいけど、つめがこわいわよね。大きかったら、どうなっちゃうんだろ」

「ああ、トラのつめはすごいだろうね。それでも、大きな肉球のあいだにビロードのような毛がはえていて、足音をたてずに歩くんだってさ」

「ひげは？」

「ひげもネコとにてるけど、ずっとりっぱだよ」

「目の色は？」

「きいろさ。虎目石という宝石をしってるかい。神秘的な、ふかいきいろだよ。その目でにらまれると、えものは、からだがすくんでうごけなくなる」

「えものって、スズメ？　ネズミ？」

「まさか！　鳥ならクジャク、けものならシカ、イノシシ、ときにはクマや人間だって、えものにするのさ。そんなえものを食いちぎるんだから、きばも、すごいぞ。あごだって、がっしりしている」

「どこにすんでいるの？」

「ふかい竹やぶか、ほらあなだね。トラは夜でも目がみえるから、竹やぶのなかをしのび足で歩いて狩りにいく。地面にしきつめられた竹の葉を、かさりともいわせ

ずに歩いていくんだ。

頭を低くして、息をひそめて、ねらったえものから目をはなさない」

雲風は、しだいにむちゅうになって、ひとりで話をつづけました。

「えものは、たぶんシカだな。くらやみで、立ったまま、ねむっている。

シカの耳が、ぴくりとうごいた。トラは歩みをとめる。かたまったように、うごかない。だからシカは、風の音だったのかと、ゆだんをしてしまった。

トラが、ふたたび、ゆっくりと歩きだす。風下からしのびよっていくから、においもしない。

じゅうぶんに近づいたトラは、からだを低くして、太いしっぽを、ゆっくりと左右にふり、するどいばねをきかせて、シカののどぶえめがけて、とびかかる……がるるるるるるっ！」

すっかりトラになりきった雲風が歯をむきだして太い声でほえたので、まほろも悲鳴をあげてしまいました。

「きゃーあ！」

雲風は、はっと我にかえって、わらいだしました。

「ごめんごめん。つい本気になっちゃった」

そして頭からひらひらとおちてきた葉っぱをつまんで、みつめました。

「タヌキの葉っぱって、すごいんだね。トラなんかみたことがないのに、なんでもわかっているようなきもちになった。

いや、それどころか、ぼくがいつのまにか、トラになっちゃったものなあ」

まほろはいいました。

「ね、いまなら、かけるんじゃない？」

雲風は、おどろいた顔でまほろをみて、力強くうなずきました。

「かける。かける。かけるさ！」

そして、がばと、つくえにむかい、もうれつないきおいで、トラの絵をかきはじめたのです。

8. トラの絵、合格！

「ほお！」

つぎの朝、おやかたさまは目をみはりました。

手にしているのは、ゆうべ雲風がかきあげた下絵です。

「雲風どの、これは、たしかにトラですぞ。ネコでも、トラの毛皮でもありません。きのうまでの絵とは大ちがいですな。

いったいどうして、いきなり上達したのですか？」

そうたずねられても、まほろ姫からもらった葉っぱのおかげだとはいえません。雲風は、もごもごと口ごもりながら、いいました。

「や、やっぱり、地道なけいこのつみかさねでしょうか。たくさんかけば、ぼくだってまあ、これくらいは。あとは、そうそう、雲舟先生に『心の目でみなさい』といわれたのを、思いだしただけです」

おやかたさまは、ふかぶかとうなずきました。

「なるほど。雲風どのは、まぎれもなく雲舟先生のお弟子です。おみそれしました。もう、よけいな口ははさみません。忠兵衛にいいつけて、上等な紙と、えのぐを、たっぷり用意させてあります。どうぞ、思うぞんぶん、かいてください。たのしみにしていますよ」

こうして雲風は、いよいよ、ふすま絵にとりかかりました。

おやしきのなかでいちばん広い大広間を絵のへやにして、道具をはこびこみ、ゆかいっぱいにひろげた紙の上に、大きな筆で、ぐいぐいと絵をかいていきます。まほろも、毎日、墨をたっぷりすってあげました。

墨の線をかきおえたら、えのぐです。おてつだいのまほろは、えのぐのつぶをすり鉢でくだいて粉にしたり、お皿に入れてならべたりと、ますます大いそがし。

紙のまんなかは、上にわたした板にすわって色をぬるのです。

あるとき、雲風が手をうごかしながら、つぶやきました。

「あ、きいろがたりなくなりそう」

「わたしがもってきてあげる！」

まほろは立ちあがり、せまい板の上を走って、えのぐをとりにいきました。

すると雲風が、あわてて顔をあげました。

「気をつけて！　そこに墨のつぼがあるよ」

あぶない、あぶない。

もうすこしで、けとばすところでした。墨のつぼをひっくりかえしたら、おてつだいどころではありません。

それにそもそも、雲風の気をちらすようでは、おてつだい失格でしょう。

まほろは、しょんぼり。まわりに気をくばり、そろりそろりと、なるべくしずかに歩くようにしました。

それでも、雲風の筆がとまってしまったことがありました。

雲風は、お手本帳をめくって、ためいきをついています。まほろは、小声でたずねました。

「どうしたの？」

「トラのまわりの雪がかけない」

「雪？　白い点々をいっぱいかけばいいんじゃない」

「だめだめ。もっと、絵師らしい雪をかかなきゃ。

でも、雲舟先生のお手本には雪がのってないんだ。こまったなあ」

雲風は、お手本帳に鼻をつっこむようにして、うなっています。

そのとき、障子がすこしあいて、ひとひらの雪がまいこみました。

顔をあげると、きこえてきたのは、こんな歌。

こな雪　さらさら　かるい雪
ふむと　きしきし　風にとぶ

ぼたん雪　はらはら　おもい雪
ふむと　ぎしぎし　水になる
あわ雪　風花　ざらめ雪

雲風は、おでこをぴしゃんとたたいて、わらいだしました。
「そうだよ。ひとくちに雪といっても、大きさも重さも音も、いろいろだ。
そんなこと、とっくのむかしにしっていたはずなのになあ」
障子のすきまから、だれかがのぞいています。
「おっ、小雪ちゃんか。おかげでかけそうだ。たすかったよ」
「ここへおいでよ、小雪ちゃん。
いっしょに、おてつだいしましょう」
まほろが手まねきをすると、
小雪は、うれしくてたまらないという顔で
やってきました。

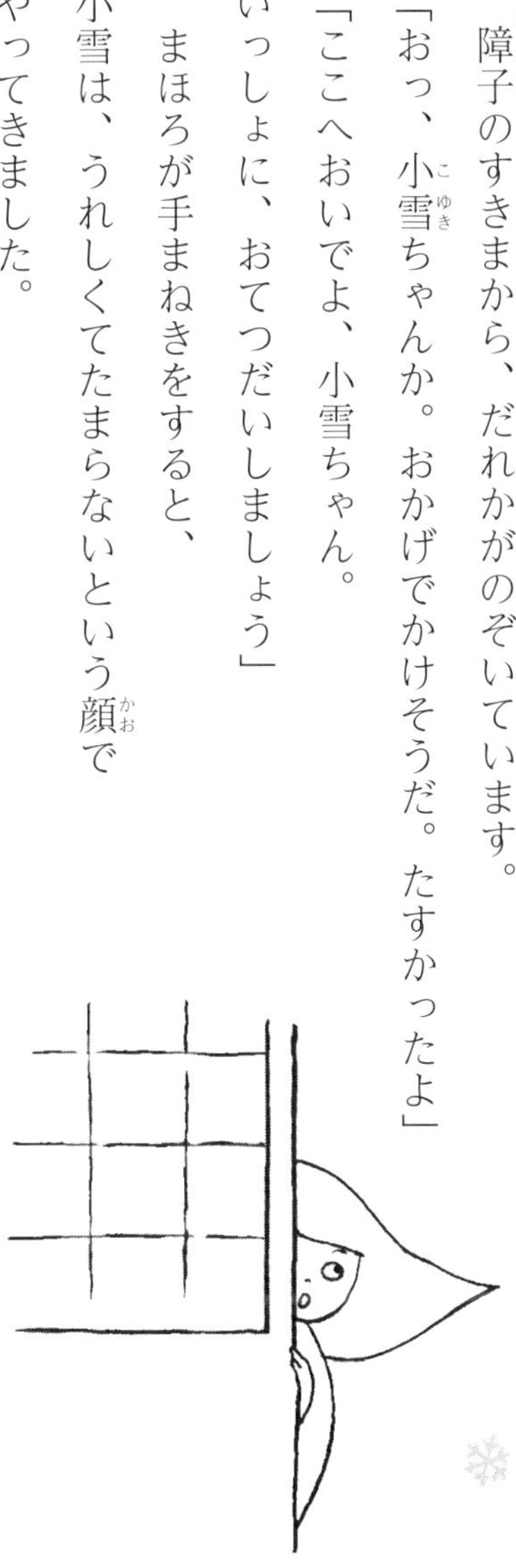

おもしろくないのは茶々丸です。

砧にまとわりついて、もんくをいいました。

「ねえねえ、かあちゃん。ぼく、つまらない。

まほろも小雪ちゃんも、ぜんぜん、あそんでくれない」

「茶々丸も、雲風先生のおてつだいをすればいいでしょ」

「ちょっとしてみたけど、おいだされた」

「まあ。なんで？」

「雲風って、へんなんだよ。

絵をかくときに、葉っぱを頭にのっけて、はちまきでしばるんだ。

たぶん、都で流行のおしゃれなんだろうね。でも、かっこわるいよねえ。

げらげらわらったら、まほろにおいだされちゃった。おてつだい失格だってさ。

あーあ、ひまでしょうがないや」

砧が、くすっとわらいました。

「だったら、わたしのおてつだいをしてちょうだい。

とうちゃんから、たきぎをもらってきて、
土間にたっぷりつんでおいてね」

「えー」

「ごほうびに、干し柿をあげるから」

「さきにちょうだいよ」

ふくれっつらの茶々丸は、茶だんすのなかをのぞきました。

干し柿はありませんが、かわりにみつけたのは、古い小さな布ぶくろ。

「テングさまが雲からおとした、よくばりぶくろだ！」

このとき砧がひょいとふりむいて、

「なにをごそごそやってるの。干し柿は、おてつだいがすんでからよ」

といったので、

「はーい」

茶々丸は、よくばりぶくろをこっそりつかんで、外へ出ていきました。


それからまもなく、雲風はトラの絵をかきあげました。

さっそく、ふすまにしたてられて、おやかたさまのへやにおさまり、おやしきの者たちにおひろめされます。

「これがトラかあ」

「ネコとは、ぜんぜんちがうね」

「強そうだねえ」

だれもが、そのできばえに感心します。

ところが雲風は不満なようです。下をむいて、くやしそうにいいました。

「いいえ、だめです。もういっぺん、かきなおしてもいいですか?」

忠兵衛があわてました。

「えっ、かきなおす？　いやいやいや、とんでもない！　もったいない！

いったい、この絵のどこが、だめなんですか？」

「迫力がないんです、ぼくの絵には。

雲舟先生の弟子だなんて、はずかしくていえません。

このトラじゃ、いつまでまっても、とびだしてはこないでしょうね」

雲風は、いまにも泣きそうです。

みんなは目をぱちくり。

忠兵衛がいいました。

「いや、しかし……。トラがとびだしてきては、こまります。

これくらいでちょうどいいですよ。ねえ、おやかたさま？」

おやかたさまは、おだやかな声でいいました。

「雲風どの。わたしは、この絵がすきですよ。

白くこおりついた川や滝。山奥の冬の夕ぐれ。こな雪がトラのせなかにふりかかる、かすかな音さえ、きこえそうではありませんか。すみずみまで、りんとした美

しさにみちています。

トラがとびだしてくるよりも、よほどよい絵ですとも」

雲風は目を大きくみひらきました。

まほろも、にっこりわらいました。

「さすがは、おとうさまだわ。わたしも雲風の絵がすきよ。なんだか、すいこまれるようなきもちになって、いつまでもずーっと、みていたくなるの。

小雪ちゃんも、そう思うでしょ」

「思う。雪がとってもじょうずにかけた。ほめてあげる」

小雪が重々しくうなずいたので、みんながわらいました。

雲風の顔が、くしゃっとゆがみました。やっぱり泣きそうです。

「おやかたさま、ありがとうございます。まほろ姫、小雪ちゃん、ありがとう」

おやかたさまがいいました。

「雲風どの。つぎは、まほろのへやのふすま絵をかいていただきましょう。なにをかいてもらうんだい、まほろ？」

みんながいっせいに、まほろのほうをむきます。

まほろは、はきはきとこたえました。

「春の絵をかいてほしいわ。ギンナン山の里の春の絵を。つくしんぼや、わらびや、チョウチョがいっぱいの春がいいな。カエルや、モグラや、ヘビもね！」

おやかたさまは目をまるくしました。

「かわったふすま絵になりそうだな」

「れんげや、ぺんぺん草や、きゅうり草みたいに小さいお花だって、きれいなのよ。小川には、フナやナマズもいるはず。それをぜんぶ、かいてちょうだい」

「よもぎも、おわすれなく。やわらかなよもぎでつくる草だんごは、そりゃもういい香りですから」

砧がいうと、みんなが口々に春の話をはじめました。

「あまからく煮た、わらびがたべたいな」

「そのまえに、ふきのとうのみそさ」

「あったかい土手でひるねをしたいなあ」

「ヒバリの鳴く声をききながらね」

「ああ、春がまちどおしい」

すると、雲風が顔を赤くして立ちあがりました。

「ぼ、ぼく、がんばります！

山里の春なら、お手本をみなくてもかけますから、まかせてください。

みなさんの春を思うきもちをたっぷりくんで、せいいっぱい、すてきな春の絵をかきます！」

みんなは歓声をあげました。

9. 春は、すぐそこ

それはもう熱心に、雲風は春の絵をかきました。目がさめているあいだは、かならずといっていいほど絵筆をにぎっています。

じぶんのへやのつくえで下絵を何枚もかいて練習し、なっとくがいくと、ふすま絵にむかうようでした。

大きな紙の上には、しだいに遠い山々と空、若草色の小道やれんげ畑、小川、そして大きな木の枝があらわれました。

あるとき、雲風が、おひるごはんをたべにきませんでした。

「朝ごはんも、たべていませんよ。こまった人ですね」

砧が、まゆをしかめました。

まほろと小雪は、いそいでごはんをすませて、雲風のへやにむかいました。

だれもいません。かわりに、へやじゅうに、さくらの花と花びらをかいた紙がちらばっています。

「いよいよ、さくらのお花をかくんだわ」

まほろと小雪は、いそいそと絵のへやにむかい、障子をそっとあけました。

足場の板の上には、雲風のせなかしかみえません。

雲風は絵にはりつくようにして、細い筆で、さくらの花の花びらをぬっているところでした。

大きなさくらの木は満開になるはず。いったい花びらを何枚かかなくてはならないのでしょう。

気が遠くなるような作業ですが、雲風は一枚一枚、ていねいに息をするように、

ゆっくりと、うすい紅をぬっていきます。かぞえきれないほどたくさんの花びらは、

すこしはなれたところからは、ピンク色の雲のようにみえました。

やがて、雲風がせなかをのばして、ふりむきました。

「おや、きてたのか。しらなかったよ」

「さっきから、ずっとみてたのよ。

雲風の心はおるすだったのね。絵の世界にいってたのかしら」

まほろがからかうと、雲風は、てれたように首すじをかきました。

「うん。ちょっと、そんな感じだったなあ」

小雪が雲風のそでをひっぱります。

「なんだい、小雪ちゃん？」

「ふくじゅそう、かいて。ほら、いいことといっぱいの、きいろいお花」

雲風は、にっこりわらって、うなずきました。

「おう。さくらの木の根もとに、さかせてあげるよ。これがおわったらね」

雲風は、また、もくもくと花びらをぬりはじめました。

そよ風にふかれた花びらが、はらはらと若草色の土手にちっています。川面におちて、水の上をただよう花びらもあります。

うっとりと、みとれていたときに、ふしぎなことがおこりました。

まほろは、感じたのです。足をひんやりつつんで、ちょろちょろ流れていく小川の水を。

岸辺の草が、水をはじいてゆれたような気もします。なんだか、まるで……。

と、そのとき、

「あらあら、みなさん、そんなに前のめりになって。絵のなかに、おっこちてしまいますよ」

ほがらかな砧のわらい声におどろいて、まほろは顔をあげました。

そうよ、まるで絵のなかの小川に足をつ

けているみたいだった……。

かちゃかちゃと音をたてて、砧は、おぼんをおきました。

「さあ、めしあがれ。おむすびをおもちしました」

「たすかった！　はらぺこだったんです」

雲風は、おむすびをうけとって、もぐもぐたべはじめましたが、右手は絵筆をにぎったまま、目は、あいかわらず絵にはりついたままです。

「ご精が出ますね、雲風先生。絵のなかはもうすっかり、うららかな春ですわ。

それにひきかえ、ほんものの春はどうしたのでしょう。

今年はいつまでたっても雪がとけなくて、さむくて、かないません」

まほろも、うなずきました。

「そういえば、去年のいまごろは、もうカエルが出てきてたわよね」

「このおへやは、とくにさむいですよ。雲風先生がおかぜをひいたら、たいへんなのに」

「春の絵をみてると、あったかくなるのよ。そうよね、雲風？」

まほろがいうと、雲風は、へんじのかわりに、

「ぶへーっくしょん！」

と、大きなくしゃみをして、鼻水をたらしました。

火鉢をさわって、砧が、あきれた声をあげました。

「あらやだ。火の気がないじゃありませんか」

雲風は、火がきえたことも気づかずに絵をかいていたようです。

まほろは、いそいで炭をとりにいきました。

土間におりると雪まじりの風がふきこんできて、がらりとあいた戸のむこうにい

たのは、大きな雪だるま。

いいえ、雪まみれになって帰ってきた、たる丸でした。

「姫さま！」

いつもにこにこわらっている、たる丸が、ひどくまじめな顔をしています。

たる丸は、ごくんと、つばをのみこんでから、こういいました。

「たいへんです。おかしなことがおきています。

おやかたさまのご用で、となりのキントン山の里までいってきたのですが、あちらはもう春でした。

川の氷もとけて、ところどころに根雪が

のこっているばかり。土手には、つくしんぼが出て、ヒバリが鳴いていましたよ。

ところがギンナン山にもどるにつれて雪がふりだしました。

キントン山が春なら、わたしたちの里だって春のはずじゃありませんか。

なのに、なぜかこのとおり、ふかい雪にとざされた冬のままなのです」


その日の夕がた。

むずかしい顔をした里人たちがあつまってきて、おやかたさまのへやで、そうだんをはじめました。

「春がこなかったら一大事ですぞ!」

「雪がとけなければ作物がうえられません!」

「作物が育たなければ、うえ死にです!」

おとなたちの不安そうな声がきこえてきます。

それでも雲風は、あいかわらず、もくもくと花びらをぬっていました。

だからまほろと小雪も、だまって、おてつだいをしました。

へやのなかできこえるのは、筆が紙をこする音と、火鉢の上のやかんのなかで、お湯がしずかにたぎる音だけ。

ところがしばらくたったころ、雲風が、ことんと筆をおいて、大きなためいきをついたのです。

「気がちって、だめだ。あーあ、みたいなあ、ほんものの春を。

そうすれば、きっと、もっといい絵がかけるのに」

まほろは、いそいでいいました。

「そうよね、わたしも春のことで頭がいっぱいよ」

小雪も、すりよってきました。

「みたい、みたい、春がみたい！」

すると障子があいて、茶々丸が大きな声でいいました。

「いこうよ！　キントン山は春なんだよ。すぐそこじゃないか。

ぼく、おやかたさまのへやの前でこっそり、話をきいてきた。どこになにがあるのか、ぜんぶわかったよ。

ふきのとうが、いっぱいとれるって！
福寿草の花もさいてるって！」
小雪の顔がかがやきます。
雲風が立ちあがりました。
「よーし、みんなで春をさがしにいこうか。
あしたの朝、それぞれ身じたくをして、
裏門で集合だ」
「わあい！」
まほろたちは、とびあがりました。

そうして、つぎの日の朝。

まほろは、かぐやの笛を帯にさし、わらぐつをはき、ござぼうしをかぶって、小雪といっしょに外に出ました。

雲風は、写生の道具をつめたふろしきを、せなかにくくりつけてきました。

さいごに茶々丸がやってきましたが、おや、手ぶらではありませんか。

「茶々丸は山菜をとりにいくんでしょ。かごはどうしたの？」

まほろがたずねると、茶々丸は、にやりとわらいました。

「もっといいものをもってるから、だいじょうぶ。

みんな、ぼくについてきてね。さあ、春にむかって、しゅっぱーつ！」

歩きはじめると、じきに雪がやみました。

ギンナン山の里からはなれるにつれて、つもった雪がとけてまだらになり、空の青があかるくなりました。

みのや、かさ、ござぼうしは、もういりません。帰りにまた着られるようにと木の枝にひっかけ、身がるになって、かけだしました。

やがて、黒い土のところどころに、やわらかな緑の草がみえてきました。

木の芽がふくらんで、つやつやと光っています。

まほろは小雪と手をつないで歩きました。

「春っていいねえ」

小雪は、ほっぺたを赤くして、はしゃいでいます。

まほろのふところで、かぐやの笛が、ほんわり光りました。

「ほら、かぐやも、きもちいいって。あとで笛をふいてあげる。小雪ちゃんは歌をうたってね」

小雪は、へんじのかわりに、ぴょんぴょ

んとびはねました。

すこし前を歩いていた雲風が声をあげました。

「おっ、福寿草だ！」

「どこ？」

小雪がすっとんでいきます。

けれども、まだかたいつぼみです。

がっかりして、ふくれる小雪に、まほろはいいました。

「山の南側にいってみようか。

あっちはもっと雪がとけてるはずだから、
お花がさいているかもしれないわ」

まほろと小雪はかけだしましたが、
それを雲風がよびとめました。

「まって。ぼく、このつぼみの絵をかいておきたいんだ」

雲風はもう、絵の道具をとりだして写生をはじめています。

「ふきのとう、みーっけ！　うわあ、いっぱいある」
茶々丸もしゃがみこんで、ふきのとうをつみはじめました。
「まほろもてつだってよ。かあちゃんがよろこぶよ。
とったら、このふくろに入れてね」
砧のおみやげにするならと、
まほろは茶々丸をてつだいはじめました。
とっては、ふくろに入れ、とっては、ふくろに入れ……。
やがて、どれくらいたったのでしょう。
「ねえ茶々丸、わたしたち、ずいぶんたくさんとったよね。
なのに、このふくろ、ちっともふくらまない」
茶々丸が、にやりとわらいました。
「そりゃそうさ。テングさまの『よくばりぶくろ』だもん。
どんなにぎゅうぎゅうつめこんでも、重さも大きさもかわらないんだ。
山菜つみには、もってこいだよ。帰り道も、らくちんでしょ」

「へーえ。よくばりぶくろって、そういうことだったのね。だけど、よくあらっておかないと、ふきのとうのにおいがついて、テングさまにしかられちゃうわよ」

まほろはわらって立ちあがりました。

そして、あたりをみまわして、つぶやきました。

「小雪ちゃんがいない……」

茶々丸も、写生をしていた雲風も立ちあがります。

「ほんとだ。どこにいっちゃったんだろう」

三人は、小雪の名前をよびながら、さがしました。それでもやっぱり、みつかりません。

「おかしいわね。なにかあったのかしら」

茶々丸の耳がぴくんとうごきました。

「あ、きこえる。小雪ちゃんの声かも。ううん、ちがう。キョロロキョロロって、笛の音？　けもののの鳴き声かな」

まほろは、はっとして、帯に手をやりました。

笛がありません。

かわりに、すこしはなれたところに竹筒がおちています。

その竹筒をひろってみれば、中身は、からっぽ。

かぐやがクダギツネのすがたにもどって出ていったにちがいありません。

「きっと、かぐやの鳴き声よ。わたしをよんでいるんだわ」

とたんに、むねがざわついて、まほろは音のほうへとかけだしました。

山の南側に、いくらかひらけたところが

あります。

おひさまがたっぷりあたっている野原のまんなかで、かぐやは、せのびをして、まほろをまっていました。

遠くからでも、そのすがたがみえたのは、かぐやが、なにかの上に立っていたからです。

そして、その、なにかというのは……。

「小雪ちゃん！」

小雪は目をつぶって、ぐったりと、よこたわっています。

「すぐに、おやしきにもどろう」

雲風が小雪をおんぶして、まほろたちは、いそいでひきかえしました。

とちゅうで、みのや、かさで冬じたくをし、雪につつまれたギンナン山までもどったところ、小雪が目をあけました。

「ああ、よかった」

ところが小雪の目から、なみだがぽろりとこぼれました。

「どうしたの？　どこかいたいの？」

まほろがしんぱいしてたずねても、小雪は首をふるばかり。雲風のせなかに顔をうずめて泣いているばかり。

さっぱり、わけがわかりませんでした。

10. 墨

砧は、小雪のおでこに手をあてていいました。

「いきなりあたたかいところへいって、調子がくるったんでしょう。小雪ちゃんは、暑いのがよっぽどにがてなのね」

「絵巻物をよんであげようか?」

「ぼくの干し柿、たべる?」

まほろと茶々丸がかわるがわるなぐさめても、小雪は、べそをかいています。

「こまりましたね。ねんのために、お薬をのんでおきましょう。

お薬のあとに、きれいな紙ふうせんをあげるから、台所へいらっしゃい」

砧は小雪の手をひいて、つれていきました。

そこへ、入れかわるように雲風が、ばたばたとやってきました。

「まほろ姫、どうしよう！　ぼくのへやがきれいになってる！」

「あら、よかったじゃない」

「よくないよ。いま味わってきた春をすぐにかかなきゃと思ったのに、葉っぱがないんだ」

雲風はあおざめていますが、なにがなんだかわかりません。

「どういうこと？　葉っぱって、どの葉っぱ？」

雲風は、じれったそうにこたえます。

「ぼくがいつも、はちまきにさしてる、あの葉っぱにきまってるじゃないか！」

茶々丸が、にやにやわらいました。

「ああ、あれか。おしゃれのつもりなんだろうけど、はっきりいって、へんだよ」

まほろも、くすっとわらいました。

「だれかが、おそうじしたついでに、かたづけちゃったのね。砧にきいてみましょう」

三人は、台所へむかうとちゅうで、忠兵衛をおいこしました。

忠兵衛は、紙のたばをかかえ、その上に、くずかごをのせて、えっちらおっちら歩いています。

「あっ、その紙……」

まちがいありません。雲風のへやにちらかっていた絵の紙です。

「雲風のへやをきれいにしてくれたのは、忠兵衛だったの？」

まほろがたずねると、忠兵衛は、むすっとして、こたえました。

「はい。やむをえず、みるにみかねて」

雲風が忠兵衛のうでをつかみました。

「は、葉っぱ……、葉っぱはどこですか？」

忠兵衛は、めいわくそうに、うでをひきます。

「はて、なんのことでしょう。ごみなら、くずかごにすてましたが」

雲風は、くずかごをひったくり、なかをかきまわして葉っぱをとりだしました。

「あった！　よかった！」

よろこぶ雲風を、忠兵衛は、いぶかしげにのぞきこみました。

「そんなにだいじなものなんですか？」

「はいっ。ぼくにとっては、おかねより、よほどだいじなものです」

忠兵衛は、にがにがしく首をふります。

「やれやれ。こんなものが、おかねよりもだいじとは……。

絵師っていったい、なにを考えてるんでしょうねえ。

それよりもっと紙をだいじにしてくださいよ。紙は貴重品なんですよ。

こんなにいっぱいむだにして、もったいないったら、ありゃしない。

しかもまあ、おんなじ絵ばかりじゃありませんか。ひどい。ひどすぎます」
ぷんぷんおこって、いってしまいました。
まほろは、その後ろすがたをにらみました。
「ひどいのは忠兵衛だわ。どんどんじょうずになってるのが、わからないのかしら。
ちっとも、むだじゃないのよ」
茶々丸が、ぼそりといいました。
「だけどさあ。なんで忠兵衛さんが、そうじなんかするのさ。使用人頭のしごとじゃ
ないよね。
ねえ、なんか、あやしくない？」
まほろは茶々丸をみて、いいました。
「そういえば、このあいだの夜も、雲風のへやをのぞきみしていたわ。
わたしが声をかけたら、ひどくあわてて、そらぞらしいことをいってたっけ」
茶々丸は、うなりました。
「うーん、あやしーい！　いまだって、雲風がいないあいだに、かってに、へやに

入ってたんだよ。

くんくんくん、におうぞ。わるだくみのにおいだ」

けれども雲風は、まったく気にしていません。

はちまきをぎゅっとしめて、そこにカシワの葉っぱをさすと、

「よし。きょうは、さくらの花のしあげだぞ。福寿草もかけるかもな。

さあ、どんどんかくぞ！」

はればれとした顔で、絵のへやにむかいました。


ところが、そのつぎの朝。

「うわあああああ！」

おやしきじゅうに、大きな悲鳴がひびきわたったのです。

「なんだ、なんだ？」

「だれだ？　どこだ？」

「忠兵衛さんの声だぞ」

「絵のへやからだな」

まほろと茶々丸、雲風はもちろん、おやかたさまも、砧も、たる丸も、絵のへやにかけつけました。

へやの入り口で、忠兵衛が、こしをぬかしています。

「どうしたの？」

まほろは、たずねようとして、はっと息をのみました。

春の絵に、墨がぶちまけられているではありませんか。

あわいピンク色のさくらの花が黒々としたよごれにのみこまれ、青空にも墨が点々ととびちって、ひどいありさまです。

茶々丸が、あきれた声を出しました。

「あちゃー。はでにやってくれたね」

忠兵衛の足もとにころがっていた墨つぼを、まほろは、いそいでおこしました。

「けとばしちゃったのね、これを」

忠兵衛は、口をあわあわさせていいました。

「ちがう、ちがいます。わたしじゃありません。

雲風(うんぷう)先生がいらっしゃるまえに、おかたづけをしておこうと、障子(しょうじ)をあけたとたんに、なかで、がちゃんと音がして、こういうことになっていたんです。

だんじて、わたしじゃありません！」

茶々丸(ちゃちゃまる)がよこ目でじろりと忠兵衛(ちゅうべえ)をにらみます。

「ほんとかなあ。じゃあ、だれがひっくりかえしたっていうの？」

「わかりません。へやのなかには、だれもいませんでした。

きっと、ネズミでしょう。

いや、ひょっとすると、タヌキのいたずらかもしれませんね」

砧(きぬた)と茶々丸は、ききずてならないとばかりに、むきになりました。

「なんだい、それ。ますます、あやしーい！」

「忠兵衛さん、ごじぶんの失敗(しっぱい)をそんなふうにごまかすのは、いさぎよくありませんわ」

「なんだと！　ぜったいにわたしではないと、さっきからいってるだろう」

そこへ、おやかたさまの低い声がひびきました。
「やめなさい、みっともない。
まずは、この絵のこと、そして雲風どののおきもちを考えるのがさきだ」
みんなは気まずくだまりこみ、雲風のほうをみました。
雲風の顔からは血の気がひいて、立っているのもやっとのありさまです。
息もたえだえにいいました。
「……あ……あと、もうちょっとで、できあがり……だったのに……」
まほろは雲風のそばにかけより、せなかをさすってあげました。

「かわいそうな雲風。でも、もういっぺん、かきなおせばいいのよ。わたし、おてつだいしてあげる」

おやかたさまも、雲風をはげましました。

「すべては修行ですぞ、雲風どの。これは大きな試練ですが、あきらめてはいけません。かならずや、のりこえられますとも。

さっそく、あたらしい紙とえのぐを用意させましょう。たのむぞ、忠兵衛」

ところが忠兵衛は、しぶい顔で目をつぶり、ゆっくりと首をふりました。

「いいえ、むりです、おやかたさま。

忠兵衛の力およばず、はなはだもうしわけありませんが、あたらしい紙とえのぐを買うおかねがありません。

かくなるうえは、このまま、姫さまのおへやにおさめましょう。もうだいたい、できあがってるんですものね。

どんなものでも、時がたてばよごれるものです。それがたまたま、はやかっただけですよ」

おやかたさまと、まほろは、あきれて、ものもいえません。
すると……、どしーん！
大きな音をたてて雲風がひっくりかえり、気をうしなってしまいました。

11. つまりそれは……

そのまま、雲風は、ねこんでしまいました。

つぎの日になっても、おきてきません。

まほろは、ごはんをおぼんにのせて、はこんでいきました。

「おかゆよ。さあ、たべて」

雲風は、うつろな目でてんじょうをみあげ、蚊の鳴くような声でこたえました。

「……いらない」

「おなかがすいてたら、いい考えがうかばないわよ」

「……うかばないよ、どっちみち」

「きれいな布で、ふいてみたらどうかしら」

「……むり。紙がやぶれる」

「上から、えのぐをごしごしぬっちゃえば？」

「……だめ。絵がこわれる」

「なにか方法があるはずよ」

「……ない。墨は紙のおくまで、しみこんでいる。もう、なにもできない」

「わたしだって、おてつだいしたから、雲風のきもちはよくわかるわ。

だけど、あの絵はわたしのへやのふすま絵なの。これから毎日、ずーっとみるのよ。あのままなんて、いやよ」

まほろは、雲風のふとんをゆすりました。

「ねえ雲風、あきらめないでよ！」

ふとんは、ぴくりとも、うごきません。

まほろは、くちびるをかんで、雲風のへやを出ました。

しずんだきもちのまま絵のへやにむかい、ぼんやりと絵をながめていました。

あーあ、ざんねん。くやしいなあ。

雲風がいない絵のへやは、がらんとして、さむざむしいほどです。

すると、ろうかのむこうから、赤いだるまが走(はし)ってきました。

「あら、茶々丸(ちゃちゃまる)！」

「まほろ。忠兵衛(ちゅうべえ)さん、みなかった？

ゆうべからずっと、おしりをみはってたのに、
いねむりしたすきに、いなくなっちゃったんだ」

「おしりって、忠兵衛の？」

「うん。忠兵衛さんって、じつはキツネじゃないかと、
ぼくは思(おも)うんだ。

タヌキを目のかたきにするのが、そのしょうこさ。

キツネはタヌキとちがっていじわるだから、雲風の絵(え)に墨(すみ)をぶちまけるくらい、
やりかねないよ。だから、しっぽをつかんで……」

そこで茶々丸だるまは口をつぐみ、手足をひっこめました。

忠兵衛がやってきたのです。

「おや、姫(ひめ)さま。絵(え)のことなら、しんぱいいりませんよ。

わたしも、さいしょはおどろきましたが、なあに、よごれたところに、ついたてでもおけば、ちっとも気になりません。絵なんて、しょせん、ただのもようですからね。ふすまは、やぶれていなければいいんです」

そんなことをいいながら、忠兵衛は、とおりすぎようとしました。

そして、茶々丸だるまをけとばしてしまったのです。

赤いだるまは、こんころころころ。

いきおいよくころがっていって、絵のまんなかでとまりました。

「おっと、しつれい！　これはたしか、茶だんすの上にあっただるまですね。はて、どうしてこんなところに……」

ひろいにいこうとする忠兵衛を、まほろは、あわててとめました。

「いいの、気にしないで。わたしがひろっておくから。忠兵衛は、ご用がいっぱいあるんでしょ」

「そうですか、すみませんねえ。では、おことばにあまえて」

忠兵衛は、ろうかのむこうにきえました。

「ふう。あぶなかった」

まほろは、板の上にひざをついて茶々丸だるまに手をのばした、そのとたん、

「あーっ！」

とんでもないものに気づいてしまいました。

「どうした、まほろ？」

「小雪ちゃんがいるの！　ほら、絵のなかよ」

「えっ、どこどこ？」

茶々丸だるまは、でんぐりがえりでおきあがりました。

たしかに、さくらの木の枝に女の子がいます。

「ほんとだ、小雪ちゃんだ。

あれって、雲風がかいた絵なの？　それとも、ほんものの小雪ちゃん？」

「わからないわ。うわっ、うごいた！」

「えーっ？」

そのとおり。絵のなかの小雪は、うごいています。

枝から枝にとびうつり、だんだんと、墨でよごれているあたりに近づいていくのです。

「なにをしてるのかしら」

小雪が、両手をぱたぱたうごかします。

すると、黒いよごれが、ゆらりとうごきました。

まほろは、はっとしました。

「もしかしたら、小雪ちゃんは、墨のよごれを、はらっているのかもしれない」

「ん、どういうこと?」

「あのね。墨は紙のおくまでしみこんでるから、もうなんにもできないって、雲風はいってた。

つまりそれは、紙のおくに入れば、なにかできるってことじゃない?

だから小雪ちゃんは、こうしてがんばってるのよ」

「そっかあ」

小雪は、そでを、うちわのようにつかってあおぎ、ほっぺたをふくらませて、ふうふうとふいています。

「がんばれ、小雪ちゃん！」

ところがそのとき、小雪が足をすべらせてしまったのです。

あぶないところで枝にぶらさがったからよいものの、地面におりた小雪はすわりこんでしまいました。

「だいじょうぶかしら。なんか、ぐあいがわるそう」

「あのときも、こうだったよ。ほら、春をさがしにいったとき」

「そうか、小雪ちゃんは暑いのがにがてだったわね。

絵のなかは春だから、あったかいのかもしれないわ」

「どうする、まほろ？」

「わからない。雲風なら、わかるかな。

でも、おふとんから出てこないの」

「よしっ、ぼくにまかせて！」

茶々丸は男の子のすがたにばけなおすと、走って出ていきました。

じきに、ばたばたと足音がして、雲風がさきにあらわれました。

かみのけも、きものも、ぐしゃぐしゃですが、顔がかがやいています。

「いい方法がみつかったって!? 絵がきれいになるんだって!?」

あとから茶々丸が、わらいながらおいかけてきました。

「ふとんをはねのけて、すぐにとびおきたよ」

「雲風ったら、げんきんね。

そうよ。小雪ちゃんががんばってるの。この絵のなかでね」

絵をみた雲風の口が、あんぐりとあきま

した。

「……いったい、どういうことだ」

茶々丸がいいました。

「おっこちちゃったんじゃない？　ぼく、なんとなく、わかる。だってぼくも、こないだ、絵にすいこまれそうになったもん」

「茶々丸が絵に？」

まほろがおどろくと、茶々丸は絵を指さしました。

「うん。このへんはタケノコがありそうだなあって、じーっとみてたんだけどさ」

「うふっ、よっぽど、熱心にみていたのね。でもそういえば、わたしも、絵のなかの小川に足をつけているようなきもちになったことがある」

雲風も、うなずきました。

「わかる。ぼくもだ。さくらの花びらをむちゅうでかいていたとき、じぶんがどこにいるのかわからなくなった。
あとちょっとで絵のなかに入れそうな、ふしぎな気分だったなあ。
だれかが、もうひと押し、せなかをぽんとたたいてくれれば、って感じ。
うーん、くやしいなあ。いってみたいなあ。どうしたらいいのかなあ」
真剣に考えこむ雲風を、茶々丸がつつきました。
「あのさ。じぶんのことじゃなくて、小雪ちゃんのこと考えてよ。
ほら、ほっぺがまっ赤で、つらそうだよ」
「そうそう。この絵のなかは小雪ちゃんには暑すぎるみたい。
ねえ雲風、たすけてあげて」
「たすけてっていわれてもねえ。ぼくじゃ、なんにもできないし」
雲風は頭をかいているばかり。
「できるわよ、雲風の絵なんだもの。
なにか、すずしくなるようなものをかいてあげたらどうかしら」
「いいね。氷のかたまりをかいてよ！」

茶々丸が、雲風の鼻さきに筆をつきだしました。

けれども雲風は、首をふります。

「え、それはちょっと……。春の絵のまんなかに氷のかたまりがあるなんて、おかしいよ」

「そんなこといってる場合じゃないだろ」

「小雪ちゃんをたすけないと、絵はよごれたままよ。それでもいいの？」

「そ、それもこまるな……。そうだよね、小雪ちゃんも、かわいそうだしね」

雲風は、ためらいがちに、小雪の近くに氷のかたまりをかきました。

でも小雪は、あいかわらず、ぐったりし

ています。

「だめね。雪だるまはどう？」

「雪だるま？　かんべんしてくれよ。さくらがさいているのに雪だるまなんて、へんだろ」

雲風は、しりごみをしましたが、まほろと茶々丸ににらまれて、しかたなく、小雪のすぐそばに雪だるまをかきました。

それでも小雪は、うごきません。

「まだ暑いのかしら」

「もっと、がんがん冷やしてあげなよ」

しばらく目をつぶってうでぐみをしていた雲風は、やがて、そでをまくって立ちあがりました。

「えーい、こうなりゃ、やぶれかぶれだ。山にどっさり雪をかいてあげるよ。春さきのしゃりしゃりこおった重たい雪だ。小雪ちゃん、まってろよ。山からつめたい風が、ぴいぷう、おりてくるぞ」

雲風は、筆に墨をたっぷりつけて、むちゅうでかきはじめました。黒い墨の線から生まれたまっ白な雪が、春の里のまわりの山々にふりつもっていきました。

するとようやく、小雪が目をあけました。

きもちよさそうに、のびをして、絵のなかの小雪は、ぴょんと立ちあがりました。

やれやれ、ひと安心。

ところが小雪は、すぐにまた、木の上のほうをにらんで、ぱたぱた、あおぎはじめたのです。

「あらあら。またやってるわ」

「まほろ、ぼくたちも、てつだいにいってあげようよ」

「うん。でも……」

どうしたら、絵のなかに入れるのでしょう。

どこかに入り口があるのかと、まほろは、ふすま八枚ぶんの春の絵をすみからすみまで、ながめました。

あかるい青空。遠くかすむ山々。

れんげ畑と、若緑のあぜ道。土手に大きく枝をひろげるさくらの木。

いいなあ。ここは、ほんとにきもちがよさそう。

わたし、この絵がだいすきよ。

そよ風がふいているのでしょう。満開のさくらの枝からこぼれた花びらが、さそうように流れていきます。

まほろは、花びらのひとつひとつを目でおいました。

そうそう。このあいだは、この花びらをみていたら、足に水がかかったような気がしたの。

いまだって、そう。

小鳥のさえずりがきこえて、草のあまい香りがして、おひさまの光がまぶしいから、まつげに、にじがかかって、足のうらが、ちくちくして……。

おや。みおろすと、やわらかな黒土と草がみえます。

ほっぺたにあたっているのは、あたたかな春の光。

「まほろねえちゃん！」

小雪にだきつかれて、
まほろは絵のなかに入れたことに気づきました。

12. 大入道(おおにゅうどう)

がさがさっと、そばのやぶがゆれました。

あらわれたのは茶々丸(ちゃちゃまる)ですが、子ダヌキのすがたにもどっています。

タケノコをかかえた茶々丸がいいました。

「あれえ、まほろがいる。小雪(こゆき)ちゃんもいる。ここはどこだ？」

「茶々丸もこられたのね。雲風(うんぷう)の絵(え)のなかよ」

「やっぱりそうか。タケノコがはえそうなところがかいてあったから、いってみたいなあって、じーっとみてたら、こうなってた」

茶々丸は、口のまわりをぺろりとなめました。タケノコをたべていたようです。

「わたしもよ。いいなあって思(おも)ってたら、ほんとに入れちゃったの。

うふふ。あんがい、かんたんだったわね」

まほろと茶々丸は、はしゃいだ声でわらいました。

小雪はといえば、目をまんまるにして、茶々丸をみつめています。

タヌキすがたの茶々丸をみるのが、はじめてなのです。

「あっ、しまった！　小雪ちゃんにはないしょにしてたんだっけ」

茶々丸は、しっぽをかかえて顔をかくしました。

まほろも、おろおろしました。

「あのね、小雪ちゃん、じつはね、茶々丸は……」

ところが小雪は、けろりとしています。

「しってるよ。ほんとはタヌキなんでしょ。

もうちょっと大きいタヌキかと思ってたけど、
わたしより、ちっちゃいね」

「ちぇー」

子ダヌキの茶々丸は、せいいっぱい、せのびをしました。

「いままで、だまってて、ごめんね」

あやまるまほろに、小雪は、にこにこしながらいいました。

「いいの。だってわたしもね……」

ところがそのとき、

「うわあ！」

すっとんきょうな声がして、ふりむくと、雲風が土手をずるずるすべりおちていくところでした。

まほろたちは、雲風をたすけにかけつけました。

どろだらけの雲風は、すっかりこうふんしています。

「おお、ここがぼくの絵のなかか！　やった、とうとう入れたぞ。

あの花も、この草も、ぼくが思いえがいたとおり！

いや、思ってたより、いいかも。あははは、やっぱり、ありがたいなあ！」

頭にさしていた葉っぱをたいせつにしまいながら、雲風は、ごきげんで、あたり

をみまわしていましたが、さくらの木の上をみて顔をくもらせました。

「……でも、あれだけは、ちがうぞ。あれは、いやだ」

まほろと茶々丸も、木をみあげました。もやもやと、黒いものがわだかまっています。

「あれが墨のよごれってことか」

「絵のなかからみると、まるで黒い雲だわ。うっとうしいわね」

すると小雪がせのびをして、手をがむしゃらにふりまわしました。

「あっち、いけー。あっち、いけー」

黒い雲が、わずかにゆらりとゆれました。

「おっ、うごいた！」

「小雪ちゃん、えらい！」

けれども小雪は、あっさりといいました。

「えらくないよ。だって、墨をこぼしたの、わたしだもん」

「えっ」

まほろたちは、あっけにとられて小雪をみつめました。

「わざとじゃないよ。

あのね、わたし、おうちに帰ろうと思ったの」

「おうち？　だって小雪ちゃんは、まいごでしょ？」

小雪は首をふりました。

「ほんとは、ちがう。帰りたくなかっただけ。

でね、さいごにもういっぺん、春の絵をみにきたときに、
墨のつぼをひっくりかえしちゃったの」

「あちゃー」

「だって、障子がいきなりあいたんだもの。びっくりしちゃった」

「忠兵衛ね」

「うん」

「忠兵衛さんは、へやにはだれもいなかったっていってたよ」

「じょうずにかくれたもん。わたしね、かくれんぼも、とくいなんだよ。

忠兵衛さんなんかに、みつかりっこないよ」

小雪はくすくすわらったものの、雲風の顔をみて、わらいをひっこめました。

「……だけど、雲風がへなへなしちゃって、かわいそうだった」

「そりゃそうよ。わたしだって泣きたくなったもの」

まほろがいうと、小雪は目をふせて口をゆがませました。

「しってる。みんながいなくなってから、ひとりでずっと絵をみてた。

さくらのお花たちも、しくしく泣いてた。

だから、ごめんね、ごめんねっていって、よごれたところをはらってあげようと手をのばしたら、ずぶずぶーって、絵のなかに入っちゃったの。

でも、まだちっとも、きれいになってない」

しょんぼりしている小雪に、まほろは、やさしくいいました。

「もういいのよ、小雪ちゃん。わたしたち、てつだいにきたの。

さあ、みんなで、あの黒い雲をおっぱらいましょう」

四人は、ぴょんぴょんとんで、手をふりまわし、ほっぺたをふくらませて、ふうふうふきました。

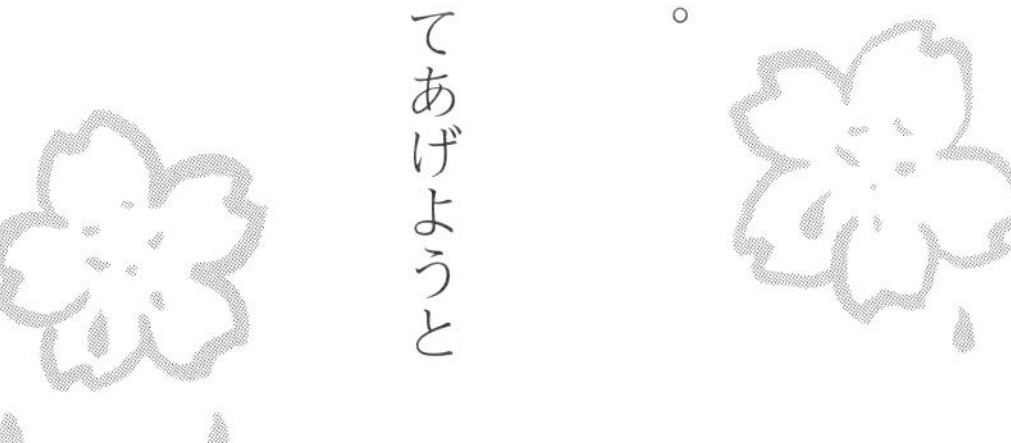

黒雲が、ゆらゆら、のろのろ、うごいていきます。

けれどもじきに、雲風が弱音をはきました。

「なんか、あんまりかわらないなあ」

「そうかも。ふうっ、目がまわっちゃったわね」

「まあ、おやつにしようよ」

茶々丸は、小さなふくろのなかから干し芋をとりだして、ひときれずつ、わけてくれました。

「ありがとう、茶々丸」

干し芋につづいて、おだんご、そしてみかんまでが、その小さなふくろのなかから出てきます。

まほろは首をかしげました。

「あら、そのふくろ……」

茶々丸は、にやりとわらいました。

「うん、テングさまのよくばりぶくろ。なんでもぽいぽい入って、べんりだよ」

みんなは、さくらの木の根もとにすわりました。

「絵巻物みたいだね、まほろねえちゃん。ほら、ネズミ大臣の」

「ほんとね。わたしたちがお姫さまよ。うふふ、お花見しましょ」

まほろたちは、にこにこ顔ですが、雲風は頭をかかえています。

「そんな気分じゃないよ。この調子じゃ、まる一日かけて、ふうふうぱたぱたやってもむりだ」

おだんごをほおばりながら、茶々丸がいいました。

「すっごく大きくて、うんと力もちだった

ら、ひと息でふきとばせちゃうのにね。たとえばほら、大入道だったら、あっというまだよ」

「大入道なんて、しりあいにいないもん」

まほろがいうと、茶々丸は立ちあがりました。

「だったら、ぼくが大入道にばけてあげる！」

でもすぐに、かなしそうな顔でいいました。

「ああ、やっぱりだめだ。葉っぱがない。今月のおこづかいの葉っぱは、もうみんなつかっちゃった。まほろは、どう？　あと何枚ある？」

まほろは、おさいふをとりだして、なかをのぞきました。

「一枚だけ」

「そうか。じゃあ、まほろが大入道にばければいいね」

茶々丸にいわれて、まほろは、いそいで首をふりました。

「いやよ、大入道なんか。つるっぱげで、ひげもじゃで、ぬぼーっとした大入道に

ばけるなんて、ぜったい、いや」

そんなまほろを上目づかいにみて、茶々丸がまたいいます。

「大入道って、かっこいいと思うけどな。みんなのためなんだよ、まほろ。ぼくだったら、やってあげるのになあ」

まほろは、ためいきをつきました。

「んもう……。わかったわよ。つかっていいわ」

おさいふから葉っぱを出して、しぶしぶ、茶々丸にわたしました。

「えへへ。ぼく、いっぺん、大入道にばけてみたかったんだ」

「ちゃんと思いえがいてからじゃないと、へんてこなものになっちゃうわよ」

とめるまほろの声もきかずに、茶々丸は葉っぱを頭にのせて、くるりと宙がえり。

みるまに、大男のばけものがあらわれました。

そりゃもう大きくて、さくらの木のてっぺんにとどきそう。

こわいくらいなのに、小雪が、けらけらわらいだしました。

「茶々丸にいちゃんだってわかるから、こわくない！」

小雪のいうとおり、どことなくタヌキっぽい大入道です。
茶々丸大入道は、おもいっきり息をすうと、ふううううーっ！
大きなほっぺたをふくらませて力強く息をふきだしました。
たちまち大風がふいて、黒雲がちりぢりにふきとびます。
まほろと小雪と雲風は、さくらの木にしがみつきました。
「どうだ、おそれいったか！」

ところが黒雲（くろくも）は、じきにまた、ゆらゆら流（なが）れてもどってきてしまったのです。

雲風が、がっくりと、かたをおとしました。

「だめか。いくらふきとばしても、あっちへいったり、こっちへいったりするだけ。どっちみち、絵（え）のなかから出てはいかないんだね。つまり、絵（え）のどこかには、墨（すみ）のよごれがついたままってことだよ」

そういうことかもしれません。

まほろも、がっかり。すわりこんだら、テングのよくばりぶくろを、おしりにしいてしまいました。

あわててひっぱりだすと、あめ玉がころがり出てきました。

「まだ入ってたのね」

あめ玉につづいて、おまんじゅうも出てきます。

「あっ、おやつちょうだい！　がんばったから、また、おなかすいちゃったよ」

茶々丸大入道の大きな顔（かお）が、ぬうっと近（ちか）づいてきました。大入道は、大きな指（ゆび）で、おまんじゅうをつまみ、ぽいぽいと口にほうりこみます。

まほろは、その大きな口と小さなよくばりぶくろを、かわりばんこに、みつめました。

「ははーん。もしかすると……ひょっとして……。

ねえ茶々丸、このよくばりぶくろには、なんでも入れられるっていったよね」

「そうだよ、なんだって入るよ。いくらだって入るよ」

「わたし、いいこと思いついちゃった。

このふくろに、あの黒雲を入れちゃおうよ。

そうすれば、きれいさっぱり、かたづくと思うの」

雲風と茶々丸と小雪は、感心して、うなずきました。

「たしかにね」

「だけど、どうやって、ふくろに入れるんだい?」

まほろは、にっこりわらいました。

「すいこむのよ。大入道が、その大きな口でね」

茶々丸大入道は、おまんじゅうにむせました。

「えっ、ぼくが？　この黒雲を？

いやだよ、おなかがいたくなっちゃうよ」

「のまなくていいのよ。

すいこんだら口のなかにためて、すぐに、よくばりぶくろに入れてちょうだい」

「いやだよ、きっと、イカの墨みたいな味だよ」

けれども雲風は、こぶしをにぎりしめて、うなずいています。

「すごい作戦だね。いけるかもしれないな！」

小雪も、茶々丸をみあげて、ぴょんぴょんはねています。

「大入道だもん。きっとできるよ。がんばれ、がんばれ、茶々丸にいちゃん！」

これでは茶々丸大入道も、あきらめるよりほかありません。

「まほろは人づかいがあらいよねえ。

だからぼく、いつもたいへんな目にあうんだ」

まほろは、にこにこ顔で、うなずきました。

「たよりにしてるわ、茶々丸にいちゃん」

「ちぇ。こんなときばっかり！」

茶々丸大入道は、しぶしぶ、おなかに両手をあてて、くちびるをつきだすと、
ずずずずずずずずずーーーーっ。

ものすごいいきおいで、黒雲をすいこみました。

ほっぺたいっぱいの黒雲をのみこまないようにしているので、むぐぐむぐむぐと
うなって、目を白黒させています。

まほろは、テングのよくばりぶくろをさしだしました。

「はいっ、ここに入れて！」

ぷうううううーーーーーーーーーっ。げほっ、げほっ。

「いいぞ、大入道！」

雲風が歓声をあげて両手をふりまわし、

「茶々丸にいちゃん、かっこいい！」

小雪がぱちぱち手をたたきます。

「すごい、すごい！　さあ、もう一回！」

みんなにおだてられて、茶々丸は、なんども、なんども、すって……はいて……をくりかえしました。

よくばりぶくろは小さいままですが、黒雲がどんどんうすくなっていきます。

いったい何回くりかえしたかわからなくなったころ、

「やった、大成功よ。茶々丸、ありがとう！」

まほろが、あかるい声でいいました。

さすがの大入道も、力をつかいはたしたのでしょう。

木が切りたおされたときのような音をたてて、

ひっくりかえってしまいました。

地ひびきがおさまってみると、

ころがっているのは、子ダヌキ一ぴき。

さくらの木のむこうの空は、

すっきりと澄みわたっていました。

13. 雪女（ゆきおんな）

「中身（なかみ）がもれてこないように、しばっておかなくちゃね」

まほろは、よくばりぶくろのひもを、きっちりむすびました。

そして、ふと、足もとのきいろい花に気づきました。

「あら、福寿草（ふくじゅそう）だわ。ひとつだけさいてる。小雪（こゆき）ちゃん、ほら、きてごらん」

小雪がかけよってきて、しゃがみます。

「これが、ふくじゅそう……?」

小雪は息（いき）をこらしてみつめました。

茶々丸（ちゃちゃまる）も、むくりと、からだをおこしました。

「けちだなあ、雲風（うんぷう）は。なんで一本しかかいてあ

げないんだよ」

雲風は、頭をぽりぽりかきました。

「でもぼく、かいたおぼえはないよ。福寿草まで手がまわらなかった」

「さくらの木の後ろだから、絵の外からは、みえなかったんじゃない？」

まほろがいうと、雲風は感心したように、うなずきました。

「かもね。ぼくの絵とはいえ、しらないことも、けっこうあるもんだな」

「いいかげんだなあ、絵師って」

「あはは。いいんだよ、すきなように、たのしんでくれれば。

だってもう、この絵は、みんなのものな

んだもの」

雲風は、大きくのびをしてわらいました。

「小雪ちゃん。その花、つんでいいよ。どうせ木の後ろだし」

小雪は、そっと手をのばして、きいろいおひさまの花をつみとりました。

「きれいねえ。ほんとに、いいことといっぱい、ありそうだねえ」

うれしそうな小雪のすがたを、みんなは、にこにことみていました。

ところが、いきなり雲風が、ぎょっとした顔でいいました。

「まずい！」

「どうしたの？」

「この氷のかたまりと、雪だるまはどうするんだ。

春の絵のまんなかに、こんなものがあるのは、へんじゃないか。

外からけせないのは黒雲といっしょだよね。絵のなかにいるうちに、かたづけなくちゃ」

まほろも、あわてました。

「あら、ほんとだ。ぜんぜん考えてなかった。えーっと、木の後ろにかくしておこうか」

「氷はともかく、雪だるまは大きいから、はみでちゃうよ。

そうだ、小川に流そう」

みんなは、氷と雪だるまをころがしたり、けとばしたりして、どうにか小川におとしました。

春の小川が、白いかたまりをはこんで流れていきます。

「ああ、よかった」

これでだいじょうぶと思ったのですが、雲風が、かみのけをかきむしって、うめき声をあげました。

「うーっ、まずいまずい！」

「こんどは、なあに？」

雲風は、だまったまま、まわりの山々を指さします。

そうです、ぐるり一面、雪山になっていたのでした。

「雪があんなにいっぱいのこってる。どうしよう……」

まほろが、ぼうぜんとして茶々丸をみると、茶々丸は、そっぽをむきました。

「いやだよ。葉っぱだってもうないし。しーらない」

すると小雪が立ちあがりました。

「わたしが、やってあげようか」

まほろと茶々丸と雲風は、おどろいて小雪をみつめました。

小雪は、むねをはっていいます。

「ぜんぶ、とかしてあげる」

「ほんとに？」

「そんなことができるの？」

「どうやって？」

三人にたたみかけられて、小雪は、くすぐったそうに、からだをよじりました。

「できるよ。だって、うふっ、これ、もってるもん」

そういってとりだしたのは、あの水晶玉です。

「それって、小雪ちゃんのおかあさんのたいせつなもの？」

「そうだよ。みててね」

小雪はそういうと、水晶玉を高くかかげて、真剣な表情でなにやら歌をうたいはじめました。

水晶玉のなかには、まわりのけしきが、こぢんまりと、うつりこんでいます。

そのけしきが、ゆっくりまわりだしました。

きらりん、きらりんと光がうずまき、やがてほんの一瞬、日の出のようにまぶしい光が目をさしました。

まほろたちは、おもわず目をつぶり、そして、おそるおそる目をあけてみると……。

なにも、かわっていません。山は、あいかわらず、白い雪山。

「なあんだ」

「だめじゃん」

小雪は口をとがらせました。

「おかしいなあ。にじができない。おかあさんは、いつもこうやって『雪じまいの儀式』をするんだけどな」

「え、なんの儀式？」

「雪じまいだよ。おかあさんはね、さいごにちゃんと雪をかたづけるの。

雪をきれいにとかして、つぎの季節をよぶまでが、おしごとなんだって」

それはどういうことかと、まほろがたずねようとしたときのことです。

ゴゴゴゴゴゴ……。

ぶきみな音がとどろきました。

地面が、ふるえています。とてつもなく大きなものが、くずれていく音です。

「なんの音かしら」

雲風が顔色をかえました。

「……なだれだ。山の雪がとけだしたらしい」

小雪は、まゆをしかめました。

「あーあ、しっぱいしちゃった。ちゅうとはんぱに、とけちゃったんだね」

「うわっ。ここまでやってくる！」

雲風がいきおいにまかせてかきくわえた山の雪はいっせいにくずれはじめ、灰色のかたまりとなって、地面をふるわせながらおしよせてきます。

「にげろ！」

雲風のかけ声で、まほろたちは走りだしました。

「でもだめ、おいつかれちゃう！」

絶体絶命、と思ったとき。

小雪が人さし指を高くかかげて、りんとした声でさけびました。

「とどまれ！　我は雪ん子なるぞ！」

すると、なだれが、ぴたりととまったではありませんか。

まるで一時停止のボタンをおしたように。

まほろたちは、ぽかんとして小雪をみつめました。

「とまった……なだれが……」

「小雪ちゃん、すごい」

小雪は、にかっとわらいました。

「えへっ。でもね、あんまり長いこと、おさえられないよ。

だって、わたし、まだ子どもだもん」

なんだかよくわかりませんが、空中でとまっているなだれは、みしみし、ぎしぎ

しと、おそろしい音をたてています。

じきに、ものすごいいきおいでくずれてくるのは、まちがいありません。

「いまのうちに、はやくにげよう」

でも、どこへにげたらよいのでしょう。

「そうだ、絵の外だ！　絵の外にもどればいいんだ！」

雲風がさけびました。

すぐにかけだした茶々丸は、そこらをぐるぐるまわって、さけびかえします。

「だけど、どっち？　どっちににげたら絵の外にもどれるのさ？」

「ごめん、わからない」

「そんなあ！　小雪ちゃん、しってる？」

「しらない」

「えーっ。まほろ、たすけて！　おねがい、なんとかして！」

そういわれても、まほろにだって、わかるもんですか。

こわくて、からだがすくんで、なにも考えられません。

やみくもに走ったので、心臓が、どきどきしています。声を出したら、くちびるがふるえて泣きだしちゃいそう。

そのとき、かすかに笛の音がきこえました。

ああ、かぐやの笛だ。

遠くからふいてくる、まろやかな風のような笛の音。

かぐやがわたしをみてくれている。

ことはべつの、どこか広々としたところで。

そう思うと、まほろのむねを、がんじがらめにしめつけていたものが、ふうっとゆるんでいきました。

……うん、きっと、なんとかなる。

まほろは、にこっとわらっていいました。

「ねえ。入ってきたときの、ぎゃくをためしてみない？」

「え、どういうこと？」

雲風がふりむき、茶々丸が足ぶみをとめました。

「入ってきたときは、わたしたち、
絵のなかのものにむちゅうだったでしょ。

だからこんどは絵の外の、
もといた世界のことを考えるの。

それもなるべく、だいすきなもののことをね」

「そうか。じゃあ……、かあちゃんの、あんころもち！」

大声でそうさけんだ茶々丸のすがたが、ぱっと目の前からきえました。

それをみていた雲風は、

「じいちゃんの、わらびもち！」

そして小雪は、

「おかあさん！」

と、さけびました。

とたんに、雲風と小雪のすがたがきえました。

まほろが、目をとじて思いえがいたのは、つぶらなひとみの小さなけもの。

ふしぎだな。泉のように、力がしずかにわいてくる。

だいすきって、すてきなこと。

ああ、かぐやに会いたい。

まほろの心は、くいっと、ひっぱられました。

そして気がつくと絵のへやにもどっていて、まほろは、てのひらの上のかぐやとみつめあっていたのです。まるで、さっきからずっと、そうしていたかのように。

「よかった。まほろも出てきた」

「やれやれ。たすかったね」

雲風と茶々丸と小雪も、ほっと、ひと息つきました。

ところが、それも、つかのま。

ひゅるひゅるひょうひょうと、ふしぎな音がきこえてきたかとおもうと、おもての障子が、すうっと、あいたのです。

雪の庭に、白いきものをきた女の人が立っています。

とてもきれいな人なのに、まほろは、せすじがこおりました。

茶々丸のせなかの毛も、ぼわっと立っています。

雲風が、ふるえる声でささやきました。

「……ゆ、雪女だ……」

雪女は、そのままますぐ縁側にあがり、へやへ入ってきました。

氷のようにつめたいまなざしは、ひたと小雪をみつめたまま。

たいへん、小雪ちゃんがあぶない。

まほろは小雪をひきよせようとしましたが、小雪がそれをふりきってかけていき、
雪女にだきついたではありませんか。

「おかあさん！　あーあ、とうとう、みつかっちゃった！」

すると雪女のほうも、くちびるのはしをちょっぴりあげて、わらったのです。

「なにいってるんだい。おまえが、おかあさんって、よんだんじゃないか。こんなところに、かくれていたとはね」

小雪は雪女を、あまえた顔でみあげます。

「だって、春をみたかったんだもん」

「春？　そりゃあ、むりだよ」

「うん。あったかくなると、すぐに、ぐあいがわるくなっちゃう。

でも、絵のなかでお花をつんだから、もういいや。

それにね、わたしも、おかあさんみたいに雪じまいの儀式ができたよ」

「なだれをおこすようじゃ、まだまださ。あとで、おしおきだよ」

雪女は、ひややかにいいましたが、その指さきは、小雪のかみのけをそっとなでていました。

「おやおや。きれいな絵をだいなしにしちゃったね。

さあ、水晶玉をおかえし」

雪女は、小雪から水晶玉をうけとり、くるりくるりとまわしながら、澄んだ声でうたいました。

霜　雪　氷
つららに　あられ
銀の　ねむりを
ほどいて　いのちの
あめつち　うるおす
水となれ

すると、水晶玉のなかから、にじ色の光がかがやきだしてきて、絵のなかのなだれと山の雪が、みるみる、とけはじめました。

「おおっ！」

雲風は、絵のまわりをぐるりとまわり、大きなふすま絵から雪がきえていくようすを、かたずをのんでみまもりました。

「これでやっと、もとどおりの春の絵になったわね」

「よかったね、雲風」

けれども雲風は、ゆっくりと首をふりました。

「いいや。むしろ、まえよりいい絵になった。そう思わないかい」

「そういわれれば、そうかも。なぜかしら」

まほろたちは、しばらくだまって絵をみつめました。

水晶玉のおかげ？　雪にあらわれたから？　いいえ、もしかしたら、さっきまで、そこにいたせいかもしれません。あれもこれも、なんとなく、なつかしいのです。

「ぼく、しってるよ。この竹やぶに、うまいタケノコがあるんだ」

「この土手でぼくがすべったのは、雪がとけて、ぬかるんでいたからだね」

「この木の根もとで、おやつをたべたのよ。たのしかったわね」

「そんなことより、ぼくの大入道、かっこよかったでしょ」

「そうそう、茶々丸のだいかつやくのおかげで、黒雲がなくなったの。ちゃんとわかってるってば。葉っぱは、わたしのだったけどね。

このあたりで小雪ちゃんが福寿草のお花をつんで……」

と、そこでまほろが顔をあげると、小雪がいません。

まほろと茶々丸は庭に走りでました。

雪女に手をひかれて、小雪が空へとのぼっていくところです。

「小雪ちゃん！」

まほろと茶々丸が大きな声でよびかけると、小雪はふりむきました。

そして、ぺろっと舌を出し、もういっぽうの手を大きくふりました。
いいこといっぱいの、きいろい花が、その手のさきでゆれました。

その日をさかいに、ギンナン山の里の雪がとけはじめました。
なだれは、どこにもおきませんでした。
雪女は、じょうずに雪じまいの儀式をすませてくれた
ということでしょう。

14. 宝物

あたたかな春の朝です。

ほくほくとしめった黒い土から、かげろうがたっています。

おやしきの門のまわりに、おおぜいの人があつまっていました。

まんなかにいるのは、旅すがたの雲風です。

みんなが口々にいいました。

「どうか、おたっしゃで」

「都に帰ってからも、いい絵をかいてくださいよ」

雲風は、はずんだ声でこたえました。

「はいっ。とのさまのお城のふすまに絵をかくことになりました。

といっても、もちろん雲舟先生のおてつだいで、ぼくはいちばん下っぱですけどね。あははは。

せいぜい、足手まといにならないように、気をつけます」

おやかたさまが、しみじみといいました。

「雲風どの。ほんものとなってとびだしてくる絵もすばらしいのですが、雲風どのの絵には、それとはちがう魅力があるように思います。

みる者を圧倒する力はありませんが、なにかこう、うけいれてくれるというのか、べつの世界へといざなう奥行きがあります。

ごじぶんの絵に、もっと自信をもってよいのではないでしょうか」

「ありがとうございます、おやかたさま。

ぼくは、このギンナン山の里で、一生の宝物をみつけました。

だからもう、なにがあろうと、これからも絵師としてやっていけるはずです」

おやかたさまは、目がしらをおさえて、うなずきました。

「そうですか、宝物を……。うれしいことを、おっしゃる。

あの墨のよごれを、あとかたもなくけして、ひときわ美しい絵にしあげた雲風ど

ののうでは並のものではありません。

いまにきっと、雲舟先生とならぶ名人となるでしょう。

かがやかしい才能をもつわかい絵師にきていただいて光栄でした」

すると忠兵衛が、手をもみながら、口をはさみました。

「おやかたさま、じつはそれ、わたしの手柄なんですよ」

「ほお。どういうことだい？」

「いまだからお話ししますが、わたしが、おねがいしたんです。ぐふふ」

「なに？　雲舟先生ではなく、雲風どのにきてほしいと、忠兵衛がおねがいしたとい

うのか？」

おやかたさまは、目をまるくしておどろきました。

「はい。だって、このおやしきには天下の雲舟先生におはらいするおかねはありませんもの。どうしたらよいのかと、さんざん考えたあげく、お手紙をかいたのです。雲舟先生のかわりに、いちばん安いお弟子さんをよこしてくださいと。

あ、これはしつれい……！」

「なんと、そういうことだったのか！　うーむ。

でもまあ、けっきょくのところ、雲風どのにきてもらってよかったな」

「はい。ぼくも、ギンナン山の里にこられて、ほんとうによかったです」

「ぐふっ、よかった、よかった。

じつはわたしね、しんぱいで夜もねむれなくなって、雲風先生のおへやを、しょっちゅう、のぞきにいってたんですよ。

だって、ひどいじゃありませんか。やっとの思いで買いそろえた高価な紙におなじ絵ばかりかいて、くしゃくしゃまるめちゃうんですもの。

ぜんぶひろって、しわをのばして、くずやさんにひきとってもらいましたが、ほとんどおかねにならなくて。

おやかたさまに、もうしわけないことをしてしまったと、ずっとなやんでいました。なんでこんな、かねくい虫の、へっぽこ絵師(えし)をよんじゃったのかと。

あ、これはまたしつれい！　いやあ、とにかくよかった、よかった！」

おやかたさまも雲風(うんぷう)も、にがわらいです。

そんなおとなたちのようすを、まほろは、すこしはなれたところで、ひざをかかえてながめていました。

茶々丸(ちゃちゃまる)が、うでぐみをして、首(くび)をひねります。

「おかしいなあ。それじゃ忠兵衛(ちゅうべえ)さんは、キツネじゃないのかな。きいろいしっぽをつかんで、とっちめてやるつもりだったのになあ」

まほろは、地面(じめん)に小枝(こえだ)でらくがきをしながら、つまらなそうにいいました。

「雲風ったら、絵巻物(えまきもの)もかいてくれるってやくそくしたのに、わすれちゃったみたいね」

「とのさまのお城のことばっかり、じまんして、感じわるいよね。

もとは山奥でタヌキとくらしていたくせに、都って、そんなにいいのかな。

こんど会うときには、きっと、いばりくさって、『おれさまを雲風先生とよべ』っていうよ」

すると、頭の上で声がしました。

「そんなこというもんか。

茶々丸、いつか都にあそびにおいで。おいしいものを、たっぷりごちそうしてあげるよ」

茶々丸は、とたんに目をかがやかせました。

「ほんとう？　いくいく！　やっぱり雲風は、ぼくらのなかまだね」

「ただし、都はぶっそうだから、もっと、ばけかたを練習しなきゃだめだぞ。何年かかるかなあ」

「ちぇ。かあちゃんみたいなこというなよ」

雲風は、ゆかいそうにわらい、こんどは、まほろにむかっていいました。

「やくそくした絵巻物は、もうほとんどできてる。おわかれのときにわたして、びっくりさせるつもりだったんだけど、せっかくだから、とのさまのお城で、きれいなきものや、ぜいたくな品々をちゃんとみてから、しあげることにした。あとでおくるよ」

「わあ、すてき。ありがとう」

雲風は、顔をくしゃくしゃにしてわらいました。

「ぼくのほうこそ、いくらお礼をいってもたりないよ」

それから、あたりをみまわして、ぐっと声をひそめました。

「……これ、ありがとう！」

そういって、おさいふからとりだしたのは、はじめてトラの絵をかいたときに、まほろがあげたカシワの葉っぱです。

「あら、都までもっていくつもり？」

「あったりまえさ！　これこそ、ギンナン山の里で手に入れた、ひみつの宝物だもの。なにもかも、この葉っぱの力だろ。りっぱなトラの絵がかけたのも、きれいな春の絵がかけたのも、その絵のなかに、みんなといっしょに入れたのも！

タヌキの葉っぱの神通力って、ほんとうにすごいものだね。

この葉っぱさえあれば、なにがあろうと、絵師としてやっていける。

雲舟先生にも兄弟子たちにもないしょにして、一生、だいじにするよ。
だけど、しんぱいなことが、ひとつあるんだ。
……この葉っぱって、何年くらい、ききめがあるのかい？」
茶々丸がぽかんと口をあけ、それから、ぷうっと、
ふきだしました。
「ばかだなあ、雲風は！　タヌキの葉っぱのききめは、
さいしょのいっぺんだけだよ。
あとは、ただの、ひからびた枯れ葉さ。
とっておいても、ぜんぜん、いみないよ」
「え……？」
雲風は、いきなり心ぼそそうな顔になりました。
まほろも、おなかをかかえてわらいだしました。
「やだあ、雲風ったら。
はちまきにさしていたのはしってたけど、ただのおしゃれだと思ってた。

まさか、この葉っぱのおかげでいい絵がかけると思いこんでたなんて。

ちがうのよ、雲風の実力よ」

雲風は、なっとくがいかないようです。

「……そうなのかい？」

「そうよ。それどころか、さいしょにトラの下絵をかいたときだって、葉っぱのおかげじゃないのかも。だって雲風はタヌキじゃないし。

きっとはじめからぜんぶ、雲風の力だったのよ」

雲風は葉っぱをしげしげとみつめて、さかんに首をひねりました。

そのとき、

「雲風先生、そろそろ出発しないと、日ぐれまでに宿場町につきませんよ」

忠兵衛がよびにきたので、雲風は、わけがわからないという顔をしたまま、みんなのいるほうへもどっていきました。

馬にまたがろうとする雲風に、砧が竹の皮の包みや、水筒、大小のふろしきなどを、せっせとわたします。

「道中のおべんとうです。いたまないように、うめぼしをたくさん入れてあります。
あんころもちのほうは、はやめにたべてくださいね。
それからこっちは、おつけもの。こっちは切り干し大根で、これは、かんぴょう。
金柑の甘露煮。それから、干し芋、干し柿。みんな、ギンナン山の里の砧の味です
からね」
「あ……ありがとうございます」
ぼんやりしている雲風は、うけとった包みをおとしたり、ひもをからめたり。
たる丸や男衆たちにたすけられて、やっとのことで馬の背におさまりました。
それからしばらく、みんなとあいさつをかわしていましたが、さいごに、まほろ
にむかって、大きな声でいいました。
「あのさ。やっぱり宝物だよ、あの葉っぱは。
だって、ぼくのしらない力が、ずんずんわいてきたんだよ。
もっとすごいことがおきたって、ぼくはきっと、おどろかなかっただろう。ぜん
ぶ葉っぱのおかげだと思っていたから。

だけど、ほんとうは、ぼくにはできたんだね。これからだって、きっとできるはずだよね。

だったら、それを一生わすれないために、たいせつにするよ」

まほろも、こくんと大きくうなずきました。

おやしきの人々(ひとびと)や里人(さとびと)たちににぎやかにみおくられて、絵師(えし)の雲風(うんぷう)をのせた馬(うま)は、うらうらとあかるい春色(はるいろ)の山道(やまみち)のむこうへと、きえていきました。

15. テングの大好物

まほろのへやのひだまりで、砧が、つくろいものをしています。

砧は鼻をぴくぴくさせて、つぶやきました。

「このにおいは、わらび？　ぜんまい？　どっちも、あまからく煮るとおいしいわねえ」

「あいかわらず、おまえは食い意地がはってるなあ！」

とつぜん、大声がひびき、おどろいた砧はとびあがりました。

へやのまんなかに、テングがぬうっと立っています。

「テングさま！　なんのまえぶれもなしに、あらわれないでくださいよ。

しっぽが出てしまったじゃありませんか」

砧は、おしりをこすって、しっぽをひっこめました。

「ふんっ。しずかに出てこいというから、雷はやめたのに。注文の多いやつだな」

テングは、頭にきみょうな羽かざりをつけています。

「どうだ、にあうだろう。チャッカリ山のカラスたちからもらったのだ。

いやはや、あいつらは、ものおぼえがわるくて、てこずった。

ほれ、みやげをいろいろもってきたぞ。黒あめに、黒かりんとう、黒まんじゅう、イモリの黒やき……。

ところで、まほろ姫と茶々丸はどこへいった？　ここへ飛んでくるとちゅう、雲の上からいくら目をこらしても、影もかたちもみえず、けはいも感じられなかったのだが」

砧は、くすっとわらいました。

「さあ、どこでしょう。ごじぶんの目で、ようく、さがしてくださいませ。

ヒントをもうしあげますわ。姫さまが出たり入ったりするところを、おやしきの

かたにみられてはこまるので、わたしはこうして番をしております。ふふふ」

テングは、むっとして、口をへの字にしました。

「なにをえらそうに。

おっ、ふすま絵をあたらしくしたのか。どれどれ、さくらか。なかなか風情のある枝ぶりではないか」

と、そこでテングは目をぐっとみひらきました。

「あれは……まほろ姫の絵すがたか？」

満開のさくらの木の下に、まほろによくにた女の子のすがたがかいてあったのです。

テングが、もっとよくみようと、ふすまに近づいたとたん、その女の子が絵からとびだしてきました。

「あら、テングさま。おかえりなさい！」

まほろとぶつかりそうになったテングがあとずさると、こんどは、よこのふすま絵の草むらから、茶々丸がとびだしてきました。

「テングさま、おみやげは？」

「お、おまえたち、絵のなかに入れるのか！　いつのまに、そんな術を身につけた？　だれに教わった？　わしは教えていないぞ」

テングが目を白黒させているので、まほろと茶々丸はおかしくてたまりません。

「うふっ。おどろかせてごめんなさい」

「絵のなかに入るのって、かんたんだよ」

「どんな絵でも入れるわけじゃないの。きっと、雲風の絵がとくべつなのよ。わたしたち、ときどき、この絵のなかに、おさんぽにいくの」

「さんぽに、か……？」

テングは、ぎょろ目をぱちくりさせています。

砧がいいました。

「絵のなかに入れるのは、姫さまと茶々丸だけなんですよ。わたしは入れませんけど、草花のいいにおいをかぐことはできます。そのときによって、ちがう香りがするので、毎日がたのしくなりました」

「いろんな人が、この絵をみにくるの。ゆったりとした、いい心もちになるんですって。みんな、にここにこして帰っていくのよ」

「ふうむ。つまり、名作ということだな」

テングは、ひげをこすりながら、つくづくと絵に見入っています。

まほろと茶々丸は、ちらっと目をあわせました。

「どうする、まほろ?」

まほろは、かくごをきめて、つくえの上の手箱のなかから、古い小さな布ぶくろをとりだしました。

「わたしたち、テングさまに、あやまらなくちゃいけないことがあるんです」

「おっ、それは、わしが雲からおとした……」

「はい、よくばりぶくろです。

テングさまのたいせつなお道具なのに、かってにつかってしまいました。

絵のなかで黒雲を入れちゃったんです」

「で、そのまま、わすれて、ほったらかしにしちゃったの」

「あとでとりにいって、あけてみたら、べたべたの、どろどろになってて……」

「ごめんなさい！」

まほろと茶々丸は、そろって頭をさげました。

「な、なにぃ!?」

テングは、よくばりぶくろをひったくり、ぎょろ目をむきました。まゆが、ぴくんとはねあがります。

うわっ、雷がおちる……。

まほろと茶々丸と砧は、耳をおさえて、ちぢこまりました。

ところがテングは、よくばりぶくろのひもをほどいて、指をつっこみ、ぺろりとなめると、とろけそうな声でこういったではありませんか。

「うーむ、これは上物だ。よほどぎゅうぎゅうつめこんだとみえて、黒雲がもののみごとにおしつぶされ、とろみがついている。

ほどよく熟成された、まろやかな味わい。じつに、うまい！」

まほろと茶々丸は、びっくり。

「たべられるんですか？」

「もちろんだ。わしは、かすみを食って生きているんだぞ。

そもそも、このふくろは、むかし、よくばりな仙人が、谷いっぱいのかすみを、むりやりつめこんだことから、よくばりぶくろと名づけられた。

雲は、かすみとにているが、あつめるのがむずかしい。『雲をつかむ』とは不可能なことのたとえだからな。きわめて高級な食材であり、とくに黒雲は、やや渋みのある味で、わしのような通に好まれる。

ほほっ、ほのかに山菜や、みかんの風味

がするではないか。しゃれている。

これから毎晩、ちびりちびりと、いただくとしよう」

テングは舌なめずりをして、ふくろのひもを、ていねいにむすびました。

まほろは、ほっと、むねをなでおろしました。

「ああ、よかった」

茶々丸も、あかるい声でいいました。

「ぼくに感謝しろよ、まほろ」

「ふくろに入れようっていったのは、わたしだけどね」

テングは大きな手で、まほろと茶々丸の頭をなでていいました。

「よしよし、ふたりとも、よくやった！

ほうびに、みっちりと修行をさせてやる。手かげんはしないぞ。かくごしろ」

「えー、それが、ごほうびなの？」

まほろと茶々丸がなさけない声をあげると、テングは、にやりとわらいました。

「まずは、雲の運転の復習からだな。

ひとっぱしり、春の空をかけまわってこよう。さあ、のれ」

「わあーい！」

「やったー！」

まほろと茶々丸は、テングがよびよせた金色のわた雲にとびのりました。

「どこをおすと、上にあがるんだっけ？」

「ちがうちがう、そこじゃなくて、こっちをひねるんだよ」

「そうだっけ。こっちじゃなかった？」

ふたりは、おおさわぎ。雲がふわりと、うきあがります。

あわててかけこむテングものせて、きらきら光るわた雲は、いきおいよく庭の外へととびだし、青空のかなたへすいこまれていきました。

「いってきまーす！」

のこったのは、砧ひとり。

砧は青空をまぶしそうにみあげ、「いってらっしゃい」とつぶやきました。

それから、ひんやりしたへやにもどり、つくろいものを手にとると、春のふすま絵をみつめて、鼻をぴくぴくさせました。

「ふんふんふん。おひさまをたっぷりあびた、れんげの花のいいにおい。ふしぎねえ。こうしてみているだけで、きもちがふんわりしてくるわ。いつかわたしも、この絵に入れるようになるかしら」

すると絵のなかを、金色のわた雲が、すーっと走って、とおりすぎたではありませんか。

「あらっ、いまのは、ひょっとして……」

砧は、目をごしごし、こすりました。

ホー、ホケキョ。
どこかで、ウグイスが鳴(な)いています。
ほら、あなたにも、きこえたでしょう。

おしまい

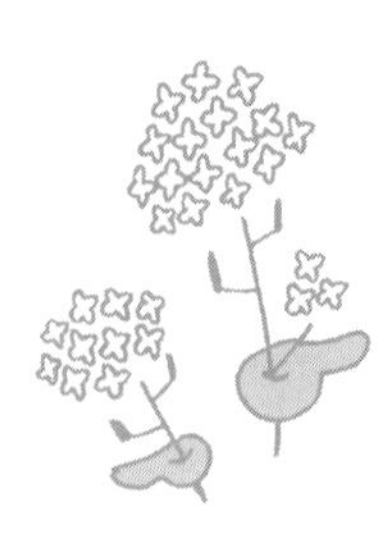

あとがき

葉っぱを頭にのせて、くるりと宙がえり。

タヌキのようにばけられるまほろ姫と、人間にばけてくらす子ダヌキ茶々丸の二さつめの物語は、いかがでしたか。

ギンナン山の里は、ふかい雪につつまれています。

すごい術をいろいろ教えてくれるはずのテングもるすなので、まほろは本をよんだり、絵をかいたりしてあそびます。

絵をかくときには、筆をつかって和紙にかくのです。

まほろがもっている本のなかには、絵巻物もありました。絵がたくさん入っている巻物をくるくるひろげてよむのは、たのしそうですね。

むかしは本屋さんも図書館もありません。印刷機もコピーもないので、お話や絵は、だれかにかきうつしてもらわなくてはなりません。

そう、本はすべて手書きだったのです。紙も貴重品でしたから、お姫さまのまほろにとっても、本や絵は宝物でした。

そんなある日、都から天才絵師がきて、おやしきのふすまに絵をかいてくれることになりました。

いまでいえば、世界的に有名なイラストレーターが、のぞみどおりの絵をかべいっぱいにかいてくれるような感じかな。

世界にひとつしかない絵を、へやじゅうぐるりとですよ。あなただったら、なにをかいてもらいますか？

すてきな絵、そして本や音楽は、わたしたちの心をふんわりかろやかにもちあげてくれます。ちょっとくらい、いやなことがあっても、げんきが出ちゃうような力がありますよね。

でもそれは作品だけの力だけではありません。みなさんの想像力とあわさってはじめて、魔法がおきるのです。

あなたにも、ギンナン山の里の音や香りがとどきますように。

なかがわちひろ

なかがわちひろ　中川千尋

1958年生まれ。東京芸術大学卒業。児童書を中心に翻訳者として活躍するとともに、作家・画家として絵本や童話作品を手がけている。文章を書いた絵本に『おたすけこびと』(徳間書店)、『プリンちゃん』(理論社)、作絵の絵本や童話に『のはらひめ』(徳間書店)、『天使のかいかた』(日本絵本賞読者賞・理論社)、『かりんちゃんと十五人のおひなさま』(野間児童文芸賞・偕成社)、翻訳絵本に『ちいさなあなたへ』(主婦の友社)、『カクレンボ・ジャクソン』(偕成社)、『どうぶつがすき』(日本絵本賞翻訳絵本賞・あすなろ書房)などがある。

本書の前作『まほろ姫とブッキラ山の大テング』は、ミュンヘン国際児童図書館が世界の優れた児童書を多くの国の子どもたちに読んでもらうことを目的として発行している国際推薦図書目録「ホワイト・レイブンズ 2015」に選ばれました。

まほろ姫とにじ色の水晶玉
2017年12月　初版第1刷

作　者　なかがわちひろ
装　丁　中嶋香織
発行者　今村正樹
発行所　株式会社 偕成社
東京都新宿区市谷砂土原町3-5　〒162-8450
電話 03-3260-3221［販売］ 03-3260-3229［編集］
http://www.kaiseisha.co.jp/
印刷所　中央精版印刷株式会社
製本所　中央精版印刷株式会社

22cm　232p.　NDC913　ISBN978-4-03-530940-6
Published by KAISEI-SHA. Printed in Japan.

本のご注文は電話・ファックスまたはEメールでお受けしています。
Tel：03-3260-3221　Fax：03-3260-3222　e-mail：sales@kaiseisha.co.jp